ROMAN DE L'AVENT

Enquête à CHRISTMAS CITY

W0298118

Pascal Brissy
Valeria Orlando et Francesco Antonelli

AUZOU

Bienvenue !

Es-tu prêt à découvrir **Christmas City,** son palais d'hiver, sa patinoire enchantée, ses chants de Noël... et ses sombres secrets ?

Pour t'accompagner jusqu'au réveillon, voici un roman avec **un chapitre par jour** du mois de décembre et jusqu'à Noël. Aide-toi d'une règle pour découper les pointillés et ouvrir le chapitre du jour à la bonne date, comme avec un **calendrier de l'Avent** !

Bonne lecture !

1er décembre

CHRISTMAS CITY
COMMISSARIAT
POLICE
MAIRIE
PATINOIRE ET PALAIS D'HIVER
collège
MAISON de DORIAN
Immeuble de Daya
Immeuble de Dimitri

Dimitri

— Je suis sûr que tu l'as fait exprès, exactement comme pour l'exposé où tu avais triché! Non, mais je rêve! j'explose.

Daya se contente de hausser les épaules à mes côtés.

— Dorian? reprend-elle en direction de notre ami commun, tu peux dire à cet idiot que je n'ai pas de temps à perdre avec lui?

On vient de sortir du collège pour aller chez moi : je voulais me mettre avec Dorian, Daya aussi, alors le prof nous a collés tous les trois ensemble! Pas de pot.

— En tout cas, moi, je ne suis pas un voleur de devoirs ! je continue de m'énerver.

Dorian garde le bas du visage emmitouflé dans son cache-nez. Il préfère se taire, pas question d'intervenir dans nos disputes et je le comprends...

— Quand je pense que c'est Noël dans moins d'un mois, pfff ! grimace-t-il sous son écharpe. C'est pas gagné !

Sur la route, la saison des fêtes s'affiche. Les vitrines des commerçants arborent déjà leurs décorations de Noël et des lumières multicolores illuminent notre parcours. J'adore ça. Le maire a même décrété que notre ville s'appellerait désormais « Christmas City ». Il veut qu'elle devienne la capitale de Noël. Alors certaines devantures rivalisent d'imagination, comme dans la librairie, où les livres sont empilés pour former un étonnant sapin de Noël décoré de guirlandes...

Une idée sournoise me traverse l'esprit. Je ramasse une poignée de neige et : splash ! Impact d'un reste de neige fondue !

— Celle-là, tu l'as bien méritée ! je lance avant de m'enfuir en courant.

Daya pousse une salve de jurons et s'élance aussitôt à ma poursuite.

— Toi, tu vas me le payer ! jure-t-elle en criant vengeance tandis que Dorian reste en arrière, dépité.

Comme d'habitude...

Depuis des mois, pas un jour ne passe sans que Daya et moi on se fasse des crasses : cartable caché, cahier disparu, encre de stylo qui fuit, chewing-gum collé dans les cheveux, trousse vidée... Franchement, je comprends que Dorian en ait marre de devoir jouer les arbitres.

— Si vous vous calmez pas, ça va mal finir ! nous lance Dorian alors qu'on atteint notre quartier.

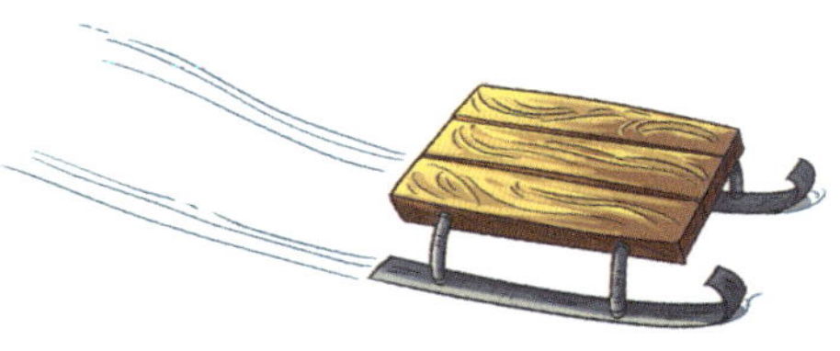

Mon immeuble est en face de celui de Daya et la maison de Dorian, trois rues plus loin.

— Quand je pense que *Monsieur* ne veut pas venir à la maison… Il a peur que mes parents se livrent à des expériences sur lui ! ricane-t-elle en m'emboîtant le pas dans le hall de mon immeuble. Si c'était le cas, tu aurais toutes les chances de finir en cage !

— Pfff ! N'importe quoi ! D'ailleurs, tes parents feraient bien d'utiliser leurs microscopes de biologistes pour vérifier si tu n'as pas été atteinte par le virus de la bêtise… Et puis, pas sûr que tu aies le droit de rentrer. Le mot de passe ? je lui demande en lui interdisant provisoirement l'accès à mon appartement.

— Très drôle ! répond-elle avant de m'écarter d'un geste du bras pour forcer le passage.

— Bienvenue chez moi ! je soupire.

Je laisse entrer Dorian, et, comme d'habitude, je ferme la porte derrière moi et jette mes clés sur la commode du couloir. Mes parents sont climatologues. Une passion omniprésente dans notre quotidien, il suffit de voir la déco de notre appartement : des baromètres un peu partout, stations météo de différents formats ou, plus singulier, ce radiomètre de Crookes qui tourne avec la lumière du soleil…

Attendez…

Je fais un pas en arrière. J'observe lentement le geste que je viens d'accomplir. Je ne sais pas exactement ce qu'il se passe, mais je sens que quelque chose ne tourne pas rond. Je fais un bond en avant pour passer la tête dans l'encadrement de la cuisine. J'ai oublié mon petit déjeuner sur la table – d'habitude, maman le range avant de partir au travail –, mais quelque chose d'autre cloche. Je me précipite dans la pièce suivante en bousculant Daya au passage.

— Hé ! Ça va pas la tête ! proteste-t-elle.

— C’est quoi c’délire ?! je m’exclame en m’avançant dans le salon, sans me soucier des protestations qui grondent toujours derrière moi.

Je sens mon visage s’empourprer. Je me rue dans la chambre de mes parents.

— Bouge ! j’ordonne à Dorian.

— Heu... ça va ? il me répond en s’écartant par réflexe.

J’ouvre leur porte à la volée et me précipite à l’intérieur de la pièce. J’ouvre les armoires et écarte les rideaux.

— T’as perdu ton doudou ? me vanne Daya.

— Heu... ça va, mec ? insiste Dorian. T’as pas l’air dans ton assiette.

Je ne fais plus attention à eux. C’est comme si j’étais un zombie, qui marche de façon dégingandée et saccadée.

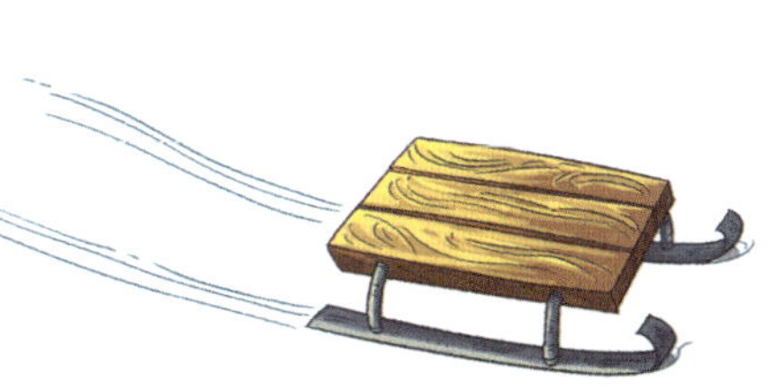

— Ça y est, les plombs de son cerveau viennent de sauter ! marmonne Daya, suffisamment fort quand même pour que je l'entende.

— Arrête, c'est pas le moment ! lui reproche Dorian, qui voit bien que quelque chose leur échappe.

Je m'écroule dans le couloir et je me recroqueville, la tête entre les jambes. Ça ne va pas... J'éclate en sanglots.

— Hé ! Arrête ! Qu'est-ce qui te prend ? râle Daya alors que Dorian se presse à mes côtés. C'est bon quoi... j'rigolais !

Je lève les yeux, mais c'est comme si je ne les voyais plus. J'arrive tout de même à prononcer quelques mots :

— Il s'est passé quelque chose, je le sens. Les clés de mes parents ont disparu, y compris le double qu'ils ont l'habitude de laisser dans le bocal de l'entrée. Le radiomètre n'est pas à sa place. Et surtout, il y a notre code... celui qu'on utilise avec maman depuis qu'on a vu ce film d'agents secrets.

Je reprends mon souffle. Je surprends un échange de regards. Ils ne comprennent pas.

— Vous allez me prendre pour un fou, mais je le sens, je le *sais*, quelque chose de grave s'est passé ici ! Le vase posé sur la commode est tourné dans le mauvais sens, j'explique. Ma mère blague tout le temps en disant que si un jour elle le tourne à l'envers... je saurai tout de suite que quelque chose cloche à la maison, comme dans le film.

— Ouais, bon, c'est peut-être une coïncidence, tente de minimiser Dorian.

Je suis convaincu du contraire. Une boule d'angoisse me noue les tripes et je finis par lâcher :

— ... Je sais, vous me prenez pour un dingue, mais je crois... qu'un truc grave est arrivé... Je crois... que mes parents ont été kidnappés !!

Kidnapping ?

2
décembre

DISPARUS

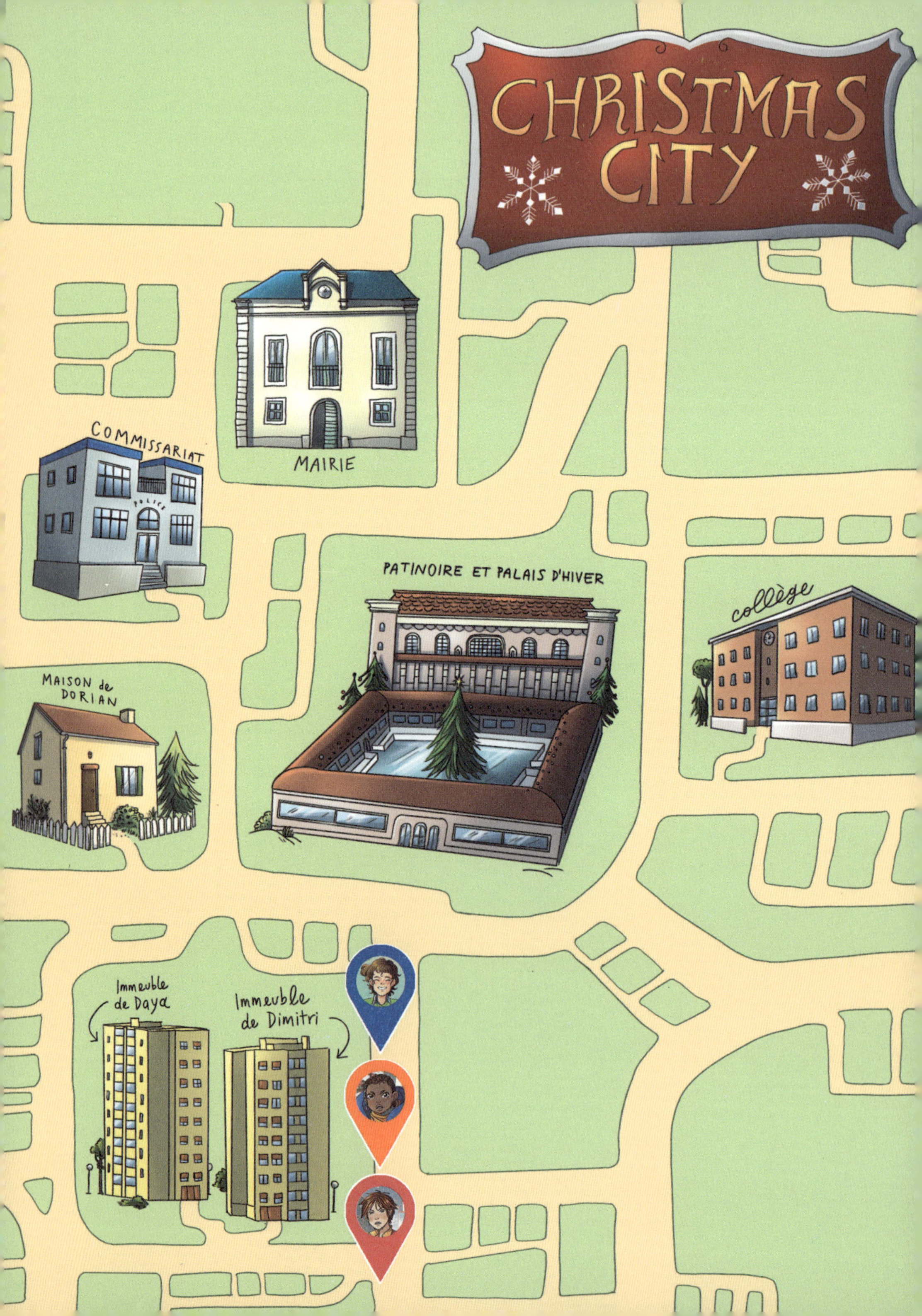
CHRISTMAS CITY
MAIRIE
COMMISSARIAT
POLICE
PATINOIRE ET PALAIS D'HIVER
collège
MAISON de DORIAN
Immeuble de Daya
Immeuble de Dimitri

Daya

À voir sa tête, Dimitri n'a pas beaucoup dormi. Dorian s'est arrangé pour rester chez lui cette nuit. Lorsque je suis arrivée ce matin, les voir tous les deux dans leurs pyjamas horribles m'a rappelé le primaire. Quand je pense qu'en CP-CE1 on était inséparables tous les trois ! Mais ça, c'était quand on était *vraiment* amis...

Dorian m'a dit que Dimitri avait passé pas mal de temps à inspecter son appart.

Depuis que je suis entrée, il serre une photo de ses parents contre lui. Je vois bien qu'il imagine les pires scénarios. Mais moi, je suis certaine qu'ils sont partis pour un truc de travail inattendu.

— Ils vont t'appeler ce matin, c'est sûr et certain ! lui lance Dorian, qui pense comme moi.

— À voir ta tête, j'imagine qu'il n'y a rien de neuf..., je lance à Dimitri en continuant d'inspecter la déco, qui n'a pas beaucoup changé depuis l'année dernière.

— Tu dis toi-même que tes parents partent parfois chasser les nuages à l'improviste pour effectuer des prélèvements scientifiques, reprend Dorian pendant que je pose mes fesses sur le canapé.

— Sans prévenir leur fils, ne serait-ce que par un message ? rétorque Dimitri qui sort de sa torpeur. Désolé, man, je n'y crois pas une seconde...

Un bref silence s'installe. Puis j'interviens :

— Ouais, il n'a pas tout à fait tort.

Dimitri finit par s'agacer :

— Rentrez chez vous, je vais me débrouiller tout seul...

— Dis pas n'importe quoi, je le rembarre, prête à y mettre du mien. OK, par où tu veux qu'on commence les recherches?

— J'sais pas... J'sais plus...

— Il doit forcément y avoir des indices. Vous avez regardé sous le lit, bien sûr?

Dorian acquiesce :

— Ouais, deux fois. Y a rien.

— Et les armoires? Vous avez retourné les poches de leurs vêtements? On ne sait jamais, il y a peut-être un indice, je suggère.

On se jette tous les trois dans la chambre de ses parents, et on retourne tout : l'intégralité des poches est passée au peigne fin.

— Rien, soupire Dorian.

— Je vais les rappeler, annonce Dimitri.

— C'est la septième fois au bureau, et au moins la quinzième fois sur leurs portables, chuchote notre ami commun.

La société Bio-Clim est un observatoire du climat à l'autre bout de la ville, notamment chargé d'étudier l'impact des différentes interventions humaines sur l'environnement.

On décroche enfin. Dimitri passe en haut-parleur et on se penche tous sur le téléphone.

— Allô ? Excusez-moi de vous déranger, dit Dimitri, j'ai appelé tout à l'heure pour savoir si mes parents étaient passés...

— Les Smith ? répond un homme qui semble au courant des appels précédents. Non, désolé, pas vus !

— Et hier ? insiste Dimitri.

— Hier ? Une minute, je vérifie... Ah, apparemment, ils sont en congé !

— En congé ? il répète, abasourdi. Vous êtes sûr ?

— C'est ce qui est noté sur le planning.

— D'accord, il conclut, merci...

— Eh ben voilà ! je souris, puisque tout semble prendre sens. Ils sont partis passer un week-end en amoureux et ont juste oublié de te prévenir… Rien de grave.

— Tu crois ? hésite Dorian.

— Mais oui, c'est sûr !

— N'importe quoi ! s'emporte Dimitri. Quand on part en week-end, on fait ses valises ! Et vous voyez bien qu'elles sont toujours là !

Aussitôt, il attrape des valises vides dans une armoire et les jette dans le couloir.

Je me demande ce que je suis venue faire ici. Il a le don de m'énerver comme pas possible.

Dimitri se réfugie dans sa chambre et on le suit sans réfléchir.

Je désigne bientôt une cible de fléchettes accrochée à l'un des murs avec, au centre, une photo de moi…

— … Sympa !

— Ouais, je trouve aussi, il me répond d'un ton sec. J'ai choisi ça parce que je suis nul en fabrication de poupées vaudoues…

— Dommage, je ricane, j'aurais pu t'apprendre. Ça fonctionne plutôt bien... J'en ai au moins trois ou quatre de toi dans un placard !

— Ouais, ben, si tu pouvais aussi lire dans une boule de cristal et me dire où mes parents se trouvent, ça m'arrangerait, il se renfrogne.

Heureusement, Dorian a une nouvelle idée.

— Au fait, t'as checké l'ordi dans la chambre de tes parents ? demande-t-il.

— Pour quoi faire ? marmonne Dimitri. Ça ne sert à rien, mon père ne l'utilise presque jamais... Pfff ! Il m'interdit même de jouer aux jeux vidéo avec !

— Il a peut-être raison, on ne sait jamais, je glisse. Moi, ma mère tient tout son agenda sur ordi... ça te donnera peut-être une explication ?

Dimitri accepte de nous suivre, pas vraiment convaincu. Dorian allume la tour du PC.

Bon, d'accord, c'est un modèle antique, mais après quelques secondes l'écran reste noir.

— Bizarre... ça bugge ou quoi ? s'étonne Dimitri.

— T'es sûr qu'il fonctionne au moins ? lui demande Dorian en se penchant pour vérifier les branchements.

Il retire une à une les vis du capot de l'ordinateur du bout des doigts. Elles se retirent facilement : quelqu'un semble avoir déjà fait la même chose, sans prendre la peine de refermer l'ensemble correctement...

— Oh oh ! s'exclame-t-il, ça se complique...

— C'est-à-dire ? je demande.

— Il n'y a plus de disque dur ! nous montre Dorian en pointant du doigt un emplacement vide au milieu des câbles.

— Quoi ? s'exclame Dimitri.

— T'es sûr ? j'insiste.

— Certain.

Je dois reconnaître que toute cette affaire devient de plus en plus bizarre. Qui part en week-end en amoureux avec son disque dur ?

— C'est vraiment trop chelou ! lâche Dimitri en envoyant brusquement voler la chaise de

bureau pour repartir dans le couloir. Je suis sûr qu'on rate quelque chose !

— Ça y est, genre, tu nous fais ta crise ? je ne peux m'empêcher de railler.

— C'est bon, là, vous commencez à me saouler tous les deux ! nous interrompt Dorian, blasé. Ça fait un an que ça dure vos disputes ! Si c'est comme ça, je rentre chez moi ! J'en ai marre...

Sa réaction nous laisse silencieux un instant.

— Tu repasses me voir demain ? lui demande Dimitri.

— J'sais pas ! répond Dorian.

— Tu vois, c'est ta faute, je lui reproche, tu fais fuir tout le monde !

Mais à peine Dorian ouvre-t-il la porte qu'il s'immobilise, presque pétrifié.

— Heu, bonjour... monsieur..., articule-t-il d'une voix tremblante.

Et pour cause : un policier se tient sur le seuil. Et son allure n'a rien d'amicale.

Visite d'un policier pas très amical...

Kidnapping ?

3 décembre

DISPARUS

CHRISTMAS CITY
COMMISSARIAT
POLICE
MAIRIE
PATINOIRE ET PALAIS D'HIVER
collège
MAISON de DORIAN
Immeuble de Daya
Immeuble de Dimitri

Daya

Je soupire. Ma mère n'a pas écouté un mot de ce que je viens de lui raconter ! Les parents de Dimitri ont disparu, un policier est même venu chez lui pour lui poser des questions après un appel anonyme et tout ce qu'elle trouve à me répondre, c'est :

— Tu veux bien prévenir ton père qu'on passe à table dans dix minutes ? Il est sur le balcon. On pourra faire le sapin aussi ce soir si tu veux.

Elle est sourde ou elle le fait exprès ? Pfff ! C'est toujours pareil...

J'ouvre la baie vitrée pour passer la tête sur le balcon. Quelle idée de téléphoner dehors par un froid pareil?! Je m'apprête à appeler mon père quand il élève la voix.

— Puisque je vous dis que je n'ai pas de copie! gronde-t-il. Alors maintenant vous allez les laisser partir sinon…!

Et il raccroche brusquement, pâle comme un linge. Je toussote :

— Hum, papa? Maman nous appelle pour le dîner…

— Ah oui, j'arrive tout de suite, ma chérie, me dit-il embarrassé avant de se ressaisir. Tout va bien, ma puce? Tu as l'air contrariée.

— Oh, c'est juste une histoire avec Dimitri, je réponds sans vraiment réfléchir.

— Ses parents? Oui, ta mère m'en a parlé… (Il ravale sa salive.) Il n'y a pas de quoi s'inquiéter, les Smith sont un peu tête en l'air… Je suis sûr qu'ils ne vont pas tarder à s'apercevoir qu'ils ont oublié de prévenir leur fils de leur départ. Allons plutôt voir ce que ta mère nous a préparé, parce que la dernière fois qu'elle a décidé de cuisiner, c'était un peu, comment dire...

Je souris en le voyant grimacer. Mais dès qu'il tourne la tête, mon sourire s'efface. Comment est-ce que papa a su de quoi je parlais ? Il était sur le balcon quand j'en discutais avec maman... Alors comment il peut être déjà au courant de leur disparition ?

Et avec qui il parlait au téléphone ?

Dorian

Quand je pense que le policier venu hier chez Dimitri s'apprête à nous recevoir pour de vrai... C'est trop cool ! J'ai des tas de questions à lui poser. Je suis ultra fan de séries policières, et j'ai toujours rêvé de voir des enquêteurs travailler de près, donc j'ai insisté pour pouvoir l'accompagner !

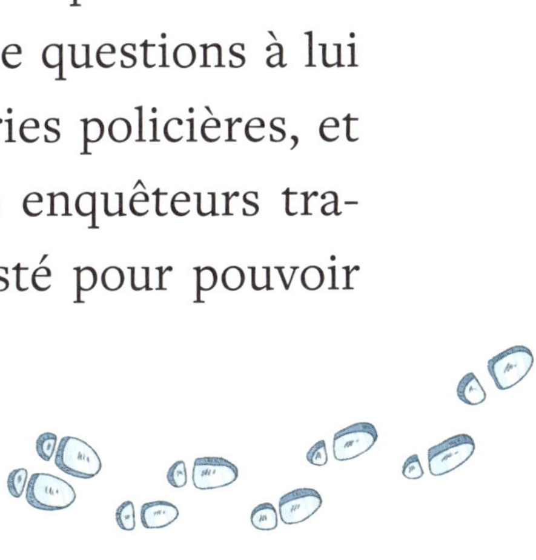

— Waouh ! T'as vu leur tableau de suspects ? je lâche sans tenir en place.

J'avoue, je sais que la situation est grave, mais j'ai du mal à cacher mon excitation.

— T'inquiète ! Les policiers connaissent plein d'astuces pour retrouver rapidement les personnes disparues. C'est leur métier, j'assure en examinant des portraits-robots punaisés au tableau d'une salle d'attente un peu vieillotte. Si ça se trouve, ils vont prendre nos empreintes pour vérifier si on n'a pas touché un truc qui fallait pas, je m'emballe, ça serait incroyable, non ?!

Oups ! Je constate que Dimitri est à deux doigts de s'enfuir à toutes jambes, mais il se ravise. Le policier qu'on a vu hier vient d'apparaître et l'invite à le suivre d'un signe de la main. Je m'incruste et on traverse une enfilade de bureaux avant d'emprunter un grand escalier.

— C'est génial, je murmure.

Une fois que nous sommes arrivés à destination, le policier nous désigne des chaises avant de s'installer derrière un ordinateur encore plus obsolète que celui du père de Dimitri.

— Donc, tu penses que tes parents ont disparu ? reprend le policier comme si la conversation de la veille ne s'était pas arrêtée. Tu sais que ce n'est pas quelque chose qu'on insinue à la légère, n'est-ce pas ?

Dimitri s'apprête à répéter son histoire, quand tout à coup son téléphone se met à sonner.

— J'y crois pas ! C'est lui, c'est mon père ! s'écrie-t-il excité comme une puce.

— Ah, eh bien, tu vois ! se renfrogne l'enquêteur. Il n'y avait pas de raison de t'inquiéter, l'affaire est déjà réglée avant même d'avoir commencé...

— Allô ? Papa ? s'égosille Dimitri, exalté. Allô ?

Pas de réponse. Clic. On raccroche. Dimitri nous regarde sans comprendre.

— Pas étonnant, explique le policier devant sa mine dépitée, on capte très mal à cet étage. Tu devrais réessayer dehors.

Mon ami quitte les lieux en trombe en me laissant en plan.

— Mince, c'est allé super vite, je regrette avant de poursuivre : Heu, dites, monsieur l'inspecteur, vous faites des stages pour les futurs enquêteurs, ou des trucs dans le genre ? Parce qu'une fois, j'ai vu un film...

— Pourquoi je sens que je vais avoir du mal à te faire sortir de mon bureau ? soupire le policier en guise de réponse.

Dimitri

Ah ! Dorian se décide enfin à sortir du commissariat. Pas trop tôt !

— Qu'est-ce qui se passe ? me demande-t-il.

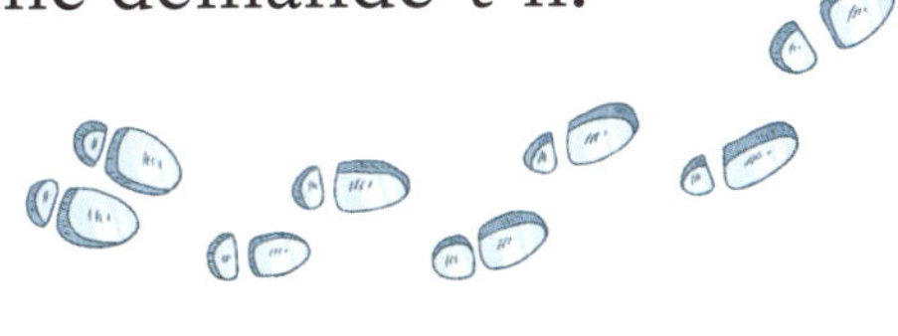

Je ne parviens pas à répondre tout de suite. Les larmes me montent aux yeux.

— Ça décroche plus..., je lâche.

— T'inquiète, c'est pas la peine de te faire des mauvais plans, tente aussitôt de me rassurer Dorian. Si ton père répond pas au téléphone, c'est sûrement qu'il ne captait pas...

— Tu crois ? j'hésite.

— Oups ! Désolé, me dit-il en s'emparant de son propre smartphone qui vibre dans sa poche, cette fois, faut que je réponde sinon j'suis mort ! Oui, maman ?... Ben, je t'ai dit, j'suis avec Dimitri... Oui, je rentre... Dis... il peut venir dormir à la maison ?... Ben, Dimitri ! Super... oui, promis ! Merci, maman !

Il raccroche.

— Trop bien, tu peux venir dormir à la maison si tu veux, m'annonce-t-il.

— Eh ben... je suis contente de ne pas avoir à assister à ça, nous interpelle une voix que je reconnaîtrais entre mille.

— Qu'est-ce que tu fiches ici? je demande en voyant Daya débarquer.

— Heu... c'est moi qui lui ai dit où on était, s'excuse Dorian.

— Super...

— Je peux repartir si tu préfères, me défie-t-elle, piquée au vif, je voulais juste te dire un truc...

Bon, pour une fois, elle a l'air sérieuse. Et Dorian le sent aussi.

— T'as découvert un truc? l'interroge-t-il.

— Oui..., admet Daya presque à contrecœur.

Elle nous entraîne à l'écart des oreilles indiscrètes et nous chuchote d'un ton préoccupé :

— Hier, mon père savait que tes parents avaient disparu avant que je le lui dise. Et surtout, je l'ai entendu s'embrouiller avec ma mère après manger et elle a lancé : « Je te l'avais dit! Je savais que ça allait leur arriver! »

Visite d'un policier
pas très amical...

Kidnapping ?

Les parents de Daya
sont au courant de
la disparition des Smith.

Que cachent-ils ?

4 décembre

DISPARUS

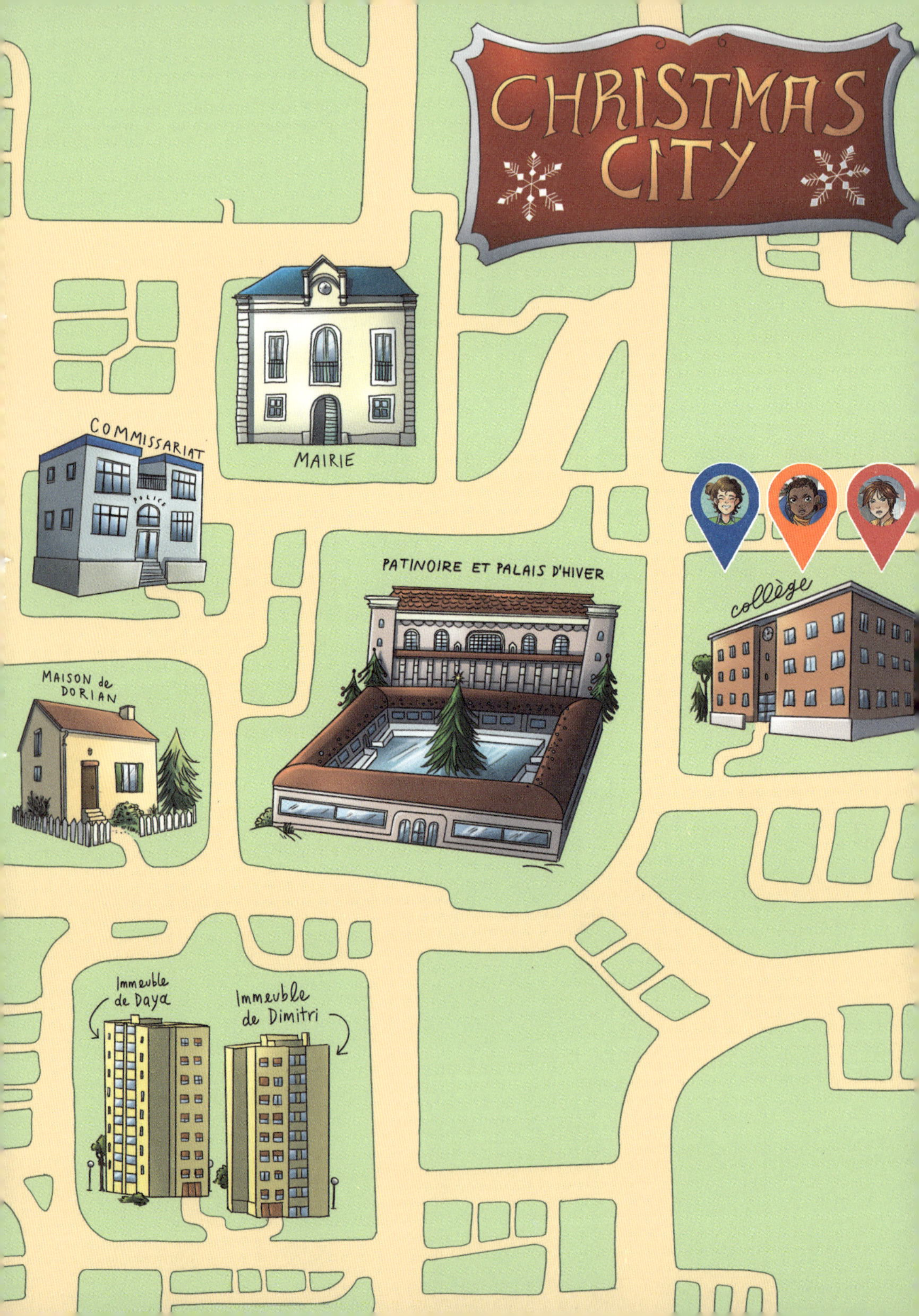
CHRISTMAS CITY
COMMISSARIAT
POLICE
MAIRIE
PATINOIRE ET PALAIS D'HIVER
collège
MAISON de DORIAN
Immeuble de Daya
Immeuble de Dimitri

Daya

C'est déjà lundi matin, le week-end a passé trop vite… On s'est mis d'accord avec les garçons : pas un mot sur cette histoire au collège.

Mais je vois bien que, même s'il ne laisse rien transparaître, Dimitri est en miettes à l'intérieur. D'habitude, il est le premier à vanner tout le monde ou à faire des blagues pour se faire remarquer et là, on le croirait presque muet ! Il ne réagit même pas à la sonnerie de la récré alors qu'il est toujours le premier à sortir…

En vrai, il y a forcément une explication sensée à tout ça, même si j'aimerais bien savoir ce que mes parents viennent faire dans cette histoire.

Reste à espérer que les Smith rentreront chez eux ce soir comme si de rien n'était, et que tout le monde passera un Noël normal...

Je descends les escaliers avec le reste de la classe. Dimitri et Dorian sont justes devant moi. J'aimerais bien leur parler, mais je ne sais pas trop quoi dire. Quelqu'un d'autre s'en charge :

— Fermez les yeux, les filles... vous risquez de perdre la vue ! lance une voix haut perchée.

Dimitri sait qu'on parle de lui, mais ne se retourne pas. En vrai, on voit tout de suite qu'il a choisi ses fringues au hasard. Il aurait pu faire un effort côté couleurs... Ça flashe grave !

Il n'en fallait pas plus à Lilou, la peste de notre classe, pour faire la maligne au milieu de ses copines habituelles.

— De quoi je me mêle ? j'interviens alors en avisant la blonde.

— Ho! Ho! Les filles, me nargue-t-elle, ça sent la romance de Noël! Ces deux-là se sont réconciliés, on dirait... Daya défend son petit copain!

— N'importe quoi! je proteste.

— Laisse tomber, me lâche Dimitri, laisse ces vipères, on a mieux à faire...

— Ah oui? rétorque Lilou sans se laisser impressionner. Vous allez faire les boutiques pour t'acheter des vêtements? C'est pour la cérémonie de mariage? Et Dorian est là pour porter vos paquets? Dites-le-moi, hein, parce que comme mon oncle est le maire de la ville, il pourra sûrement vous trouver une date rapidement!

Éclats de rire des filles, et Dorian, rouge cramoisi, s'élance derrière nous.

— Hé! Attendez-moi!

— Qu'est-ce que je disais?! continue Lilou, ce qui a pour effet de faire redoubler les rires de sa petite cour.

— Qu'est-ce qu'elle m'énerve ! je marmonne.

— Elle est pas la seule, me répond Dimitri dans un soupir, comme pour me rappeler qu'on n'est plus vraiment amis.

La journée de cours arrive enfin à sa fin. Il était temps. Je ne tiens plus en place depuis que j'ai remarqué les messes basses entre Dimitri et Dorian. À la pause cet après-midi, j'ai attrapé ce dernier dans la cour.

— Vas-y, raconte, j'ai exigé, qu'est-ce que vous trafiquez ?

Dorian a commencé par nier. Puis il m'a avoué :

— Dimitri veut aller voir ton père à son travail, pour lui demander ce qu'il sait...

— Hein ?! Mais il ne m'a rien dit !

— Je sais, soupire Dorian, mais tu sais comment il est quand il décide un truc...

Si Dimitri croit qu'il peut débarquer au travail de mon père sans autorisation, il va être surpris. Je ne vais pas le laisser faire! Je saute les dernières marches et pique un sprint pour attraper le bus. Je me rue dedans, juste à temps pour entendre la fin du jingle « Christmas City » entre deux chants de Noël.

— J'en étais sûre! je souffle aux garçons tandis que la porte automatique se referme derrière moi dans un bruit de décompression. Tu aurais quand même pu me dire que vous comptiez aller voir mon père.

— Qu'est-ce que ça peut te faire? me répond Dimitri.

— C'est mon père! Arrête d'en parler comme s'il avait fait quelque chose de mal!

— Bon, du calme vous deux! s'énerve Dorian. Y a rien de grave, m'assure-t-il, on va juste discuter avec lui...

— Parce que vous croyez que si mon père ne m'a rien dit à moi, il va vous parler? OK, il vous connaît depuis tout petits, mais vous

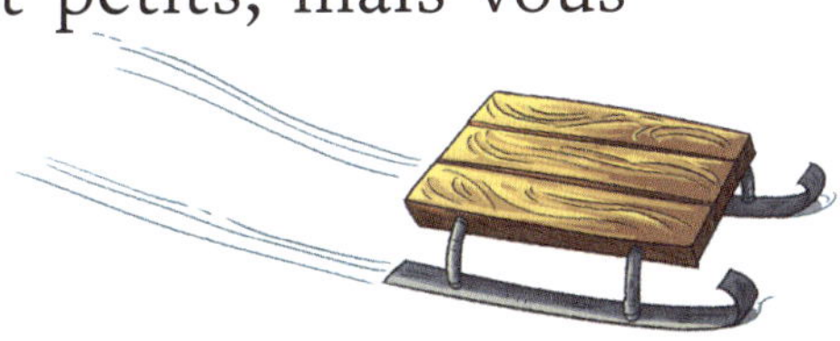

n'arriverez à rien sans moi ! j'assène en m'asseyant derrière eux.

Le bus est bondé. J'y trouve un seul avantage : Dimitri ne m'adresse plus la parole. Je regarde les arrêts défiler derrière la vitre. La station où on doit descendre est en pleine zone industrielle. On dirait presque qu'un rideau gris délimite notre passage. La nuit ne va pas tarder à tomber. C'est sinistre... Pour les défier, je lance :

— On y est, tout le monde descend !

Dehors, je frissonne. Il fait froid. Le laboratoire Génétik', où travaillent mes parents, est niché au fond d'un immense parking à plusieurs niveaux dont l'enceinte est clôturée façon camp militaire.

— Ils vont nous laisser entrer au moins ? me demande Dorian alors que le bus redémarre.

— Attends, m'interpelle Dimitri, c'est pas ton père qui traverse le parking ?

Je confirme :

— Oui... On dirait bien...

En effet, mon père se faufile entre les voitures avec une mallette noire à la main. Sans se concerter, on le suit en silence depuis notre côté du grillage. Je suis la première à trouver son attitude étrange :

— Pourquoi il se retourne sans arrêt comme ça? je chuchote. On dirait qu'il a peur d'un truc...

La réponse ne tarde pas à apparaître : un fourgon noir aux vitres opaques roule lentement dans sa direction. Puis, après deux appels de phares, le véhicule s'arrête net. Qu'est-ce qui se passe?

On ne voit pas très bien, alors Dimitri se met à grimper sur la grille.

Ma curiosité prend le dessus et, après un regard entendu avec Dorian, nous l'imitons pour ne rien rater. Nous atterrissons souplement de l'autre côté et nous planquons derrière un poteau.

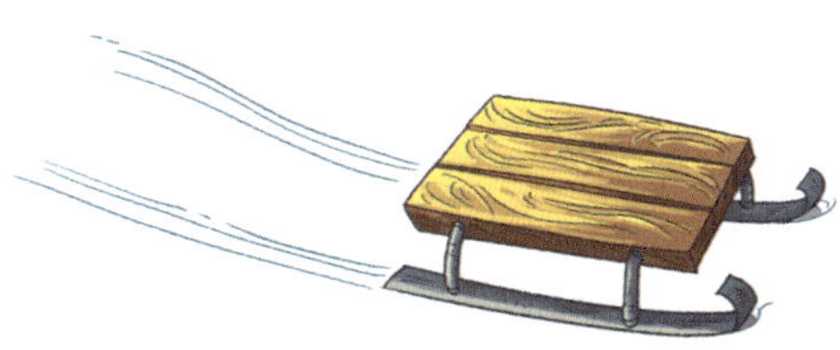

À l'autre bout du parking, le fourgon est à l'arrêt. Mon père avance d'un pas hésitant vers la porte passager.

Un homme en costume noir descend bientôt de l'arrière du véhicule. Il porte des lunettes miroir et est bâti comme un colosse. L'inconnu arrache alors la mallette des mains de mon père tandis qu'un deuxième homme du même acabit surgit derrière lui. Aussitôt, il le plaque contre le capot.

Je retiens un cri.

— Ils sont simplement en train de le fouiller..., tente de me rassurer Dorian.

Je reste muette. Je ne sais pas quoi faire.

Heureusement, après avoir vérifié le contenu de la mallette, le premier individu la tend à quelqu'un resté à l'intérieur du mystérieux fourgon et s'écarte de mon père.

L'instant suivant, les deux gorilles rembarquent. Leur véhicule repart en laissant mon père planté là, complètement hagard, et sans mallette...

Visite d'un policier
pas très amical...

Kidnapping ?

Les parents de Daya
sont au courant de
la disparition des Smith.

Que cachent-ils ?

Père de Daya

5
décembre

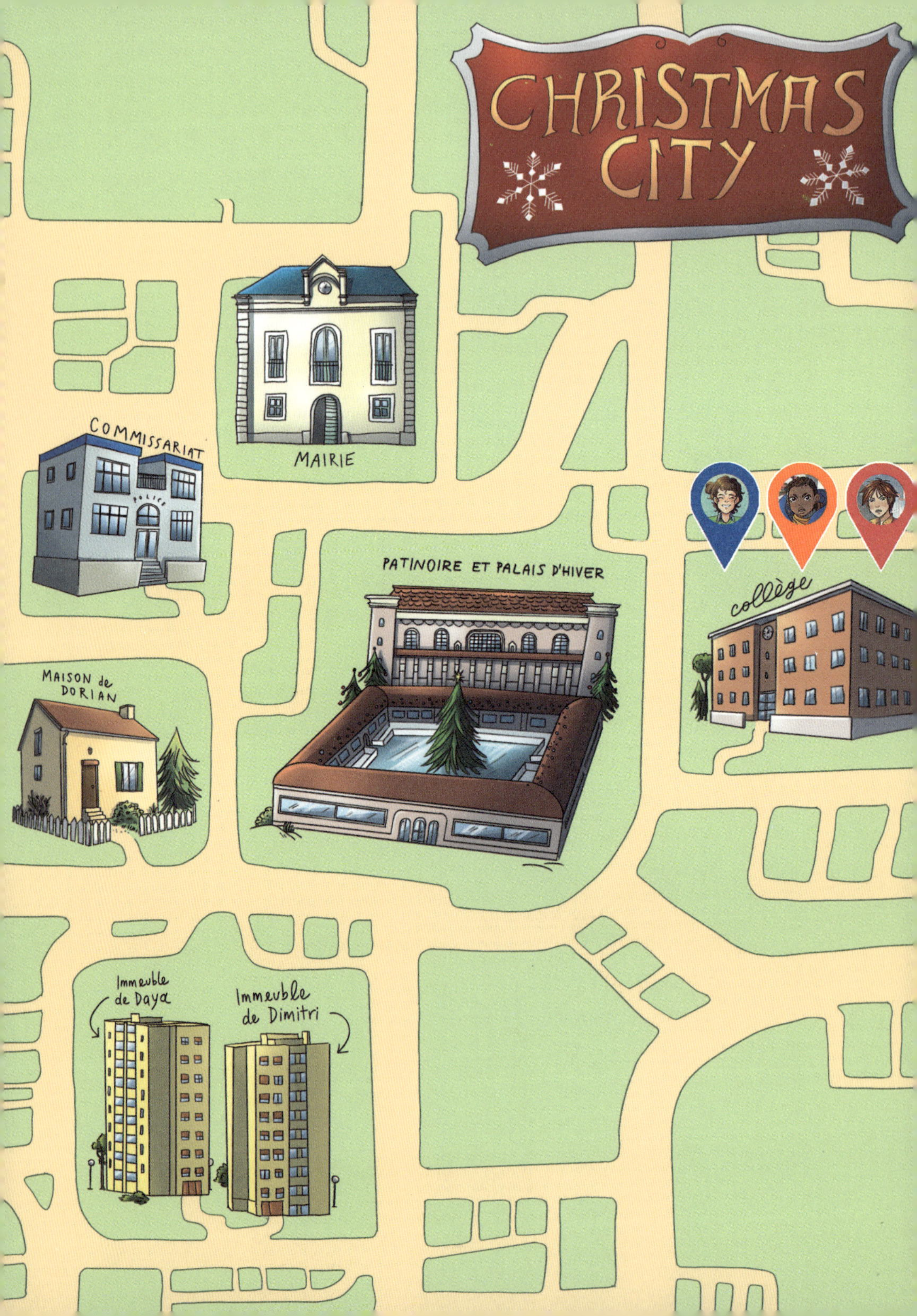
CHRISTMAS CITY
COMMISSARIAT
POLICE
MAIRIE
PATINOIRE ET PALAIS D'HIVER
collège
MAISON de DORIAN
Immeuble de Daya
Immeuble de Dimitri

Dimitri

La sonnerie annonce la fin des cours. Je me prépare pour y aller, mais je n'y crois toujours pas : Daya qui nous invite chez elle ! Qu'est-ce que ça cache encore ?

Nous franchissons le portail du collège. Quelqu'un est en train de repeindre l'enseigne de l'école en rouge, vert et blanc pour être raccord avec le nouveau nom de notre ville. C'est dingue, ils en font des caisses.

Sur le chemin, Daya nous explique pourquoi elle nous a invités :

— Je vais avoir besoin de vous pour occuper ma mère.

— Dommage que tu n'aies pas une petite sœur comme moi, lui répond Dorian avec un sourire, je peux t'assurer que ça facilite le travail !

— Ouais... Quand on est fille unique, ce n'est pas si simple de fouiner à sa guise, et comme mon père n'a rien lâché hier soir quand je lui ai parlé de sa journée de travail...

Il cache quelque chose, c'est évident... mais quoi ? Et surtout, est-ce que ça a un rapport avec mes parents ? Franchement, si elle ne m'avait pas retenu hier d'aller lui demander des explications, peut-être que je le saurais déjà...

Mon téléphone vibre et, comme à chaque fois, je sursaute en espérant que ce soit eux :

— Je vous rattrape, je dis en m'écartant.

Je m'éloigne et je ravale ma salive en reconnaissant le numéro de téléphone du policier de l'autre jour.

— Alors, tes parents sont rentrés ? m'interroge-t-il sans préambule quand je décroche.

— Pas encore...

— Mmm, c'est embêtant... Je vais devoir ouvrir une enquête et appeler les services sociaux. Tu as de la famille dans le coin ?

— Heu non... enfin, si ! je panique à l'idée de me retrouver placé en famille d'accueil du jour au lendemain. J'ai mon... mon cousin, je mens, c'est le garçon que vous avez vu l'autre jour, vous vous souvenez ?

— Celui qui est fan d'enquêtes et m'a tenu la jambe quand tu es sorti ?

Ah oui, ça colle.

— Oui, c'est ça, je dors chez lui en attendant...

— Chez ton oncle et ta tante, donc ?

— Heu... exactement !

— Très bien, conclut mon interlocuteur, tu n'as donc plus qu'à attendre le retour de tes parents, sans faire de vagues... C'est bien compris ?

Aussitôt, il raccroche. Je me crispe. Sa phrase sonne comme une menace. Ce policier me paraît bien impliqué pour une affaire qu'il dit pourtant être sans importance...

« Sans faire de vagues », je répète pour me convaincre d'avoir bien entendu.

Il me faut quelques secondes pour glisser mon smartphone dans ma poche. Je lève le nez. Les autres commencent à être loin. Je me dépêche de les rattraper.

— Ah ! Enfin ! me lance Daya à mon retour.

On entre tous trois dans l'immeuble en face du mien. Daya cherche ses clés, l'occasion pour moi de voir qu'elle a gardé le porte-clés bonhomme de neige que je lui avais offert l'année dernière. Ça m'arrache un sourire, mine de rien.

Nous entrons chez elle et Dorian et moi saluons sa mère :

— Bonjour, madame.

— Salut, m'man !

— Mmm...

Pas très poli. Sa mère a à peine remarqué notre présence et campe devant la fenêtre de la cuisine. J'observe son manège un instant avant de demander à Dorian.

— Qu'est-ce qu'elle fiche ?

Il hausse les épaules.

— OK, allons goûter dans ma chambre, annonce Daya en nous servant du jus d'orange.

Sa mère esquisse un mouvement de tête dans notre direction.

— Ce sera plus facile que prévu, marmonne Daya, elle a l'air complètement à l'ouest...

— Eh ben, c'est pas la fête ici non plus ! me glisse Dorian.

Je les suis dans la chambre de Daya et me pose devant son bureau. J'inspecte la pièce pour voir si elle a changé depuis la dernière fois. Les posters de licornes à paillettes ont disparu.

Soudain, un bruit de fond résonne jusqu'à nous. Daya passe la tête dans le couloir.

Apparemment, sa mère vient de s'installer devant la télé. C'est le moment de lancer l'opération « fouinage » !

— Toi, tu la tiens à l'œil ! ordonne Daya à Dorian. Je vais en profiter pour aller faire un tour dans la chambre de mes parents et voir si je trouve des indices... Si jamais elle se lève et vient par ici, tu tousses fort, OK ?

— Heu, ouais, c'est pas très discret mais bon...

— Et moi ? j'ajoute.

— Ben toi, tu trouves un truc pour la ralentir au cas où elle débarque, me répond Daya comme si c'était évident.

— OK.

Je hoche la tête avant de suivre Dorian jusqu'à l'entrée du salon. La télé diffuse un reportage sur une chaîne d'info locale :

— « Christmas City » ? interroge une journaliste.

— Oui, c'est désormais le nom de notre ville ! répond le maire. Croyez-moi, cet endroit sera bientôt connu dans tout le pays et même dans le monde entier.

— Et comment comptez-vous y parvenir ? poursuit la jeune femme à l'écran.

Le maire se tourne brièvement pour montrer les machines qui vrombissent derrière lui, et les gens qui s'activent un peu partout.

— Nous allons commencer par l'inauguration d'une patinoire gigantesque pour les fêtes, explique le maire. La plus grande du monde !

— Trop cool, s'exclame Dorian, qui se plante derrière le canapé pour visionner la suite.

La mère de Daya ne réagit même pas, elle a les yeux rivés sur l'écran.

— Bien entendu, ce n'est pas tout ! Nous préparons de nombreux événements pendant les fêtes de Noël, ce sera grandiose ! déclare l'élu d'un ton bienveillant, avant de se faire plus complice. Et puisque personne ne nous écoute, plaisante-t-il, je peux vous livrer quelques secrets en avant-première... En plus de la patinoire, qui ouvrira ses portes mercredi prochain jusqu'à la mi-janvier, vous pourrez bientôt découvrir des pistes de ski ou de luge que nos équipes vont installer dans le quartier !

— Hein ?! Mais comment ils vont faire ? sursaute Dorian. On est en pleine ville, et on n'a pas assez de neige pour ça ! Ils vont devoir condamner des immeubles, non ?

— Tais-toi, je chuchote alors que Daya s'apprête à commencer sa mission.

Soudain, Dorian recule. Il m'attrape le bras et tend le doigt pour me montrer quelque chose sur l'écran :

— Regarde, me glisse-t-il, au fond, juste derrière le maire !

Je m'exécute et fronce les sourcils d'un coup. Je n'en crois pas mes yeux. Deux personnes s'entretiennent avec un homme de dos. Leur discussion semble animée.

Je reste les bras ballants. Aucun doute, cet homme et cette femme qui s'agitent désespérément dans l'espoir qu'on les écoute ou qu'on les laisse passer, ce sont… mes parents !

«sans faire de vagues»
Ce policier est très étrange...

Kidnapping ?

MENACES...

Les parents de Daya sont au courant de la disparition des Smith.

Que cachent-ils ?

Pourquoi les Smith ont-ils voulu intervenir durant l'interview du maire à la télévision ?

Père de Daya

6

décembre

CHRISTMAS CITY
MAIRIE
COMMISSARIAT
POLICE
PATINOIRE ET PALAIS D'HIVER
collège
MAISON de DORIAN
Immeuble de Daya
Immeuble de Dimitri

Dorian

— Pardon, vous n'auriez pas vu ces personnes par hasard ?

Je brandis la photo confiée par Dimitri.

La veille, en voyant ses parents dans le reportage télé, on s'est précipités à la patinoire en abonnant la fouille dans la chambre des parents de Daya (qui ne donnait rien, de toute façon). On nous a dit que l'émission avait été tourné quelques jours auparavant, mais pour la première fois depuis le début de l'affaire, on tenait une piste sérieuse... Hélas, on a vite déchanté. Aucune trace des parents Smith dans les parages !

Heureusement, on a tout notre mercredi pour continuer les recherches.

L'inauguration de la patinoire doit avoir lieu cet après-midi. La place est cernée de mini-chalets où l'on peut désormais louer des patins entre deux courses au marché de Noël. Il y a aussi des petits baraquements proposant de la restauration rapide – gaufres, crêpes, confiseries en tous genres –, où on décide de faire une pause en guise de déjeuner. Je capte le regard de Dimitri sur mon « repas ».

— Ben quoi, je marmonne alors que je m'apprête à engloutir une énorme gaufre recouverte d'un double étage de crème chantilly, faut bien prendre des forces !

Il soupire. Il a moins d'appétit que moi, et surtout pas vraiment de quoi s'acheter grand-chose.

— T'en veux ? lui propose Daya en lui tendant un cornet garni de churros. T'inquiète, j'ai pas eu le temps de les empoisonner, lui précise-t-elle, ce qui m'arrache un demi-sourire.

Je ne suis pas dupe, rien n'est réglé entre eux. D'ailleurs, je commence sérieusement à me demander quand ils vont se décider à faire la paix ! Noël à Christmas City, ça me semble pourtant être l'occasion parfaite, non ?

— Arrêtez, on a déjà suffisamment de problèmes comme ça, je finis par marmonner pour éviter que la discussion ne dégénère, entre vos parents chelous et ce policier à la noix…

— Tiens donc, je disais justement que cet endroit manquait de classe, m'interrompt une voix hautaine, on comprend pourquoi !

Oh non, pas elle…

— Super drôle, s'agace Dimitri devant Lilou et ses copines, t'as rien d'autre à faire ? Comme, j'sais pas moi… disparaître ?

— Et après il se demande pourquoi il se retrouve tout seul sans ses parents ! répond-elle, cinglante.

Je jette un regard supris à Daya puis à Dimitri.

— Comment est-ce que tu sais ça ? lance mon ami.

Lilou se penche alors pour faire semblant de lui chuchoter à l'oreille :

— Je vous ai entendus en discuter... Si tu ne veux pas que je répéte à tout le monde que tes parents t'ont abandonné, tu pourrais porter mon sac au collège à ma place...

— Même pas en rêve ! répond Dimitri avant de tourner le dos à tout le monde pour s'éloigner.

On lui emboîte le pas.

— Venez, les filles, ça sent trop la campagne ici ! poursuit Lilou.

— Je sais bien qu'on répond aux imbéciles par le silence, marmonne Daya, mais si on n'avait pas mieux à faire, je crois bien que j'en aurais fait de la bouillie !

— On n'a pas de temps à perdre avec ces vipères, renchérit Dimitri.

— Allez, les gars, on y retourne, l'inauguration ne va pas tarder..., j'enchaîne. Il faut qu'on interroge un max de monde pour être efficaces ! On se sépare.

— Mesdames, messieurs, l'inauguration officielle de la patinoire va débuter dans quelques minutes ! crachote une voix dans les haut-parleurs.

Les premiers applaudissements retentissent dans la foule. Ça devient compliqué de se frayer un chemin. Un type me bouscule sans même s'excuser, et me marche sur les pieds.

— Hé ! Faites un peu attention !

Soudain, on me saisit par le bras. Quelqu'un me tire et je proteste :

— Non mais ça va pas la tête ?!

En me retournant, je découvre un homme en parka, bonnet et, en prime, un cache-nez qui lui couvre la moitié du visage.

Il joue à l'homme invisible ou quoi ? C'est qui ce mec ?!

— Chut ! Tu vas nous faire repérer ! marmonne-t-il. Toi et tes amis, vous ne devriez pas traîner dans le secteur, vous n'êtes pas discrets...

— Quoi ? Mais qui vous êtes ? Qu'est-ce que vous savez sur moi et mes amis ?

L'inconnu regarde de tous les côtés et reprend :

— On ne sait pas de quoi ils sont capables... Est-ce que vous avez une copie du dossier ?

— Qui ça ? Quel dossier ? je répète, complètement perdu.

Son regard s'égare dans la foule alors que le maire s'apprête à entrer en scène pour le discours d'inauguration.

Je le suis des yeux moi aussi. Depuis que le maire a lancé le programme « Christmas City », ils ne parlent plus que de ça en ville, c'est bizarre.

Mince! Le temps de me retourner, le type a déjà filé. Je l'aperçois qui longe l'arrière d'un chalet où on vend des bonnets de père Noël : pas le temps de prévenir les copains, je fonce! Je dois le prendre en filature!

Je sais comment faire : ni trop loin, ni trop près, se cacher derrière les éléments du décor... Ça n'a pas l'air trop compliqué dans les séries.

Mais dans la vraie vie, c'est pas si évident, surtout avec ce monde.

— Pardon, excusez-moi! Je veux juste passer, merci!

Je parviens à garder l'inconnu en ligne de mire. Il s'apprête à grimper dans une voiture blanche. J'essaye de retenir sa plaque d'immatriculation, vite, avant qu'il parte!

— Allez... je la tente, je murmure en continuant de m'approcher.

Je suis tout proche maintenant... Il est au téléphone.

— Les gosses ne savent rien, j'en suis sûr. Personne ne s'en prendra à eux s'ils n'ont pas de copie du dossier Flocon...

Je n'entends plus rien, la voix du maire est accueillie par une nouvelle salve d'applaudissements. L'homme s'engouffre dans sa voiture, qui démarre aussitôt.

— Le dossier Flocon ? je marmonne.

«Sans faire de vagues»
Ce policier est très étrange…

Kidnapping ?

MENACES…

FILATURE

Dossier Flocon ?

Les parents de Daya sont au courant de la disparition des Smith.

Que cachent-ils ?

Pourquoi les Smith ont-ils voulu intervenir durant l'interview du maire à la télévision ?

Père de Daya

Peut-on se fier à lui ?

7 décembre

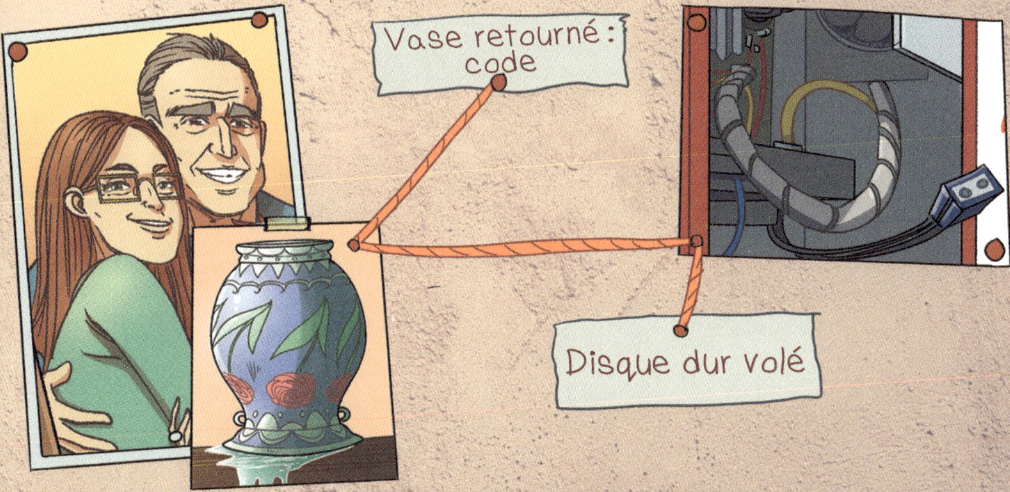
Vase retourné : code
Disque dur volé

DISPARUS
Lien?
Qui ?

CHRISTMAS CITY
COMMISSARIAT
POLICE
MAIRIE
PATINOIRE ET PALAIS D'HIVER
collège
MAISON de DORIAN
Immeuble de Daya
Immeuble de Dimitri

Dimitri

— Entre ! je dis.

Daya obtempère. Elle bâille à s'en décrocher la mâchoire.

— Alors, pourquoi tu voulais que je vienne aussi tôt ? me reproche-t-elle. À cause de toi, je vais dormir direct pendant le cours de SVT. Déjà que la prof m'endort rien qu'au ton de sa voix...

Dorian est resté avec moi hier soir et il m'a remonté le moral, il est à fond dans l'enquête. Il attend, posté sur le seuil de ma chambre, et annonce fièrement à Daya :

— Viens voir, on n'a pas chômé depuis hier soir !

— Waouh ! s'écrie celle-ci en découvrant de quoi il parle.

C'est vrai qu'on a passé pas mal de temps à constituer ce tableau géant sur le mur juste au-dessus de mon lit. On y a épinglé tous les indices glanés jusqu'à maintenant avec, tout en haut, la photo de mes parents. Ma chambre est plongée dans la pénombre, seule la lampe de mon bureau est braquée sur le fruit de notre travail. Si avec ça, on n'arrive pas à avancer ! En tout cas, pas de doute, être dans l'action me fait du bien

Plusieurs pistes sont déterminées par des flèches :

→ le père de Daya

→ la mallette noire

→ le fourgon et les colosses en costume.

Daya lit à voix basse les feuilles qu'on a épinglées :

— Qui sont-ils ? Que veulent-ils ?

— Eh ouais ! Bonnes questions ! continue de s'exciter Dorian, qui n'a toujours pas ralenti depuis qu'on a commencé ce truc.

Ensuite vient le fameux policier, et sa mise en garde à peine voilée : « sans faire de vagues ».

Puis l'inconnu de la patinoire dont nous a parlé Dorian – voiture blanche immatriculée 2048-TB-83, marque et modèle incertains.

Note : Qui est-ce ?

— Le point commun à tout ça, j'affirme avant d'épingler la pièce manquante à notre puzzle géant en dessous de la photo de mes parents, c'est ça :

Le dossier FLOCON

— C'est ce truc qu'on doit trouver, confirme Dorian en tapotant sur ce mot de l'index. C'est sûrement pour mettre la main dessus que quelqu'un a dérobé le disque dur du PC de ton père ! Il n'y a plus qu'à espérer que ce quelqu'un n'ait rien trouvé dessus...

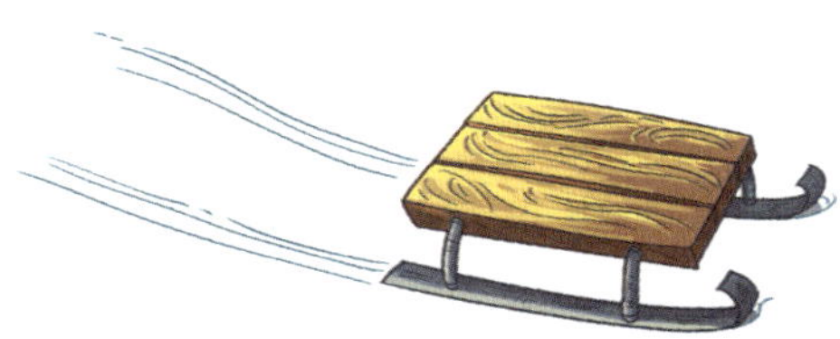

— Et qui dit *flocon*... dit *neige* ! je conclus.

Daya se tourne vers moi. Un éclair traverse son regard et elle devine aussitôt où je veux en venir :

— Ça aurait donc un rapport avec le projet Christmas City ? me questionne-t-elle.

— T'as une autre idée ?

Après quelques secondes de silence, elle finit par confirmer :

— Ouais, votre truc semble tenir la route... il faut qu'on enquête là-dessus.

— Je suis sûr que si on met la main sur ce dossier Flocon, je pourrai revoir mes parents ! je m'emballe.

— Ouais, mais où est-ce qu'il est planqué ? lâche Daya, perplexe. Est-ce qu'on est vraiment sûrs qu'il existe ?

— Ça, je compte bien le découvrir après les cours, je confie. Il faut faire comme si de rien n'était et aller au collège pour éviter d'éveiller les soupçons de ceux qui nous espionnent... quels qu'ils soient !

— En route ! lance Daya en ouvrant la porte.

— Heu... on a le temps de prendre un petit déj ? s'inquiète Dorian.

— Non ! répondons-nous en chœur Daya et moi.

Commencer la journée de cours par deux heures de sport, il y a pire... Sauf quand on est fatigué parce qu'on a peu dormi.

— Mon père sait forcément un truc, me chuchote Daya, mais ce qui m'inquiète c'est qu'il n'est pas rentré hier soir. Maman était hyper nerveuse quand elle lui a téléphoné...

— Ah ? Et elle t'a dit quoi ?

— Qu'il était retenu au labo, tu parles !

La pire partenaire d'acrogym interrompt alors nos chuchotis :

— Eh bien tu ne quittes plus l'orphelin ? s'exclame Lilou en interpellant Daya. Si vous

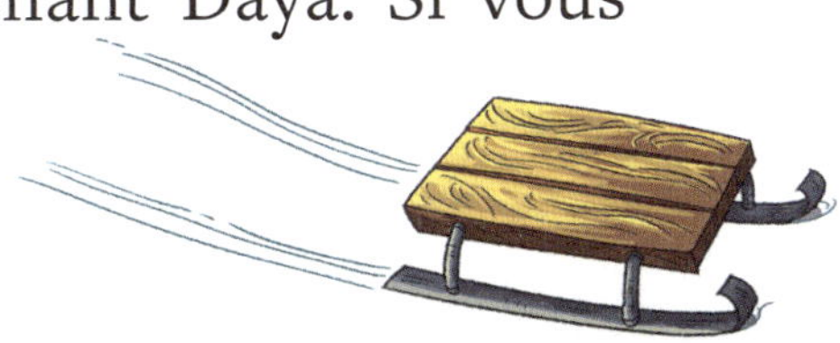

ne vous magnez pas, on la réussira jamais cette fichue pyramide humaine !

Allez, autant l'ignorer...

— Pourquoi elle n'arrête pas de parler d'*orphelin* depuis ce matin ? me demande Eliot en se positionnant près de moi, épaule contre épaule.

— C'est rien, je rétorque, elle a dû se cogner la tête en se vautrant à la patinoire hier aprèm...

Malheureusement, je constate vite que Lilou ne lâche pas l'affaire.

Elle ne me lâche pas de la journée :

- Au CDI, c'est en me tendant un roman de Charles Dickens, *Oliver Twist*… ou l'histoire d'un orphelin ;
- En physique-chimie, elle fait en sorte que Dorian ne puisse pas se mettre avec moi lorsque le prof nous demande de travailler deux par deux dans le cadre des exercices pratiques – résultat, je me retrouve tout seul ;
- Et en français, elle lève la main : « M'sieur ? Comment on écrit *orphelin* ? »

Lourd. Mais je tiens bon. J'arrive presque à faire comme si de rien n'était. En vérité, je n'ai qu'une hâte : me mettre en chasse du dossier Flocon.

La fin de la journée sonne comme une sacrée libération.

Daya ne vient pas chez moi ce soir. Elle est restée évasive, « Je vous appelle plus tard », et elle a filé.

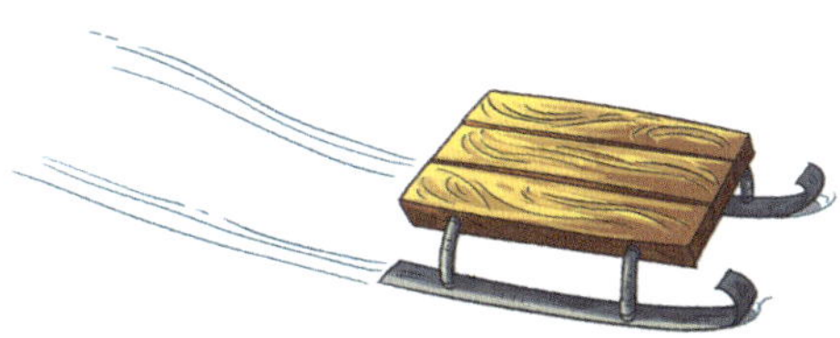

— Je dois passer chez moi d'abord, me rappelle Dorian avant de s'éloigner. Je te rejoins dans une petite heure, OK ?

J'opine du bonnet. Je suis seul, exactement comme Lilou l'a prédit… Je longe le trottoir, dans mes pensées, indifférent aux lumières qui commencent à surcharger les décorations de Christmas City. Je n'aimerais pas avoir à payer la facture d'électricité…

Je pousse enfin la porte de mon immeuble lorsqu'une pensée m'assaille :

— Il est hors de question que je passe les fêtes de Noël sans mes parents ! je déclare à voix haute en prenant les escaliers.

Quand j'arrive devant ma porte, je m'immobilise.

Une enveloppe décorée de motifs de Noël est posée bien en évidence sur notre paillasson. Dessus : mon prénom, soigneusement calligraphié au stylo-plume.

Qu'est-ce que c'est encore ?

Mon grand,

Désolés pour notre absence soudaine. Nous avons eu une urgence au travail. Mais ne t'en fais pas, sois patient, nous rentrerons dès que possible...

En attendant, nous savons que tu sauras te débrouiller et que tu seras sage... OK ? Appelle ta grand-mère si besoin.

Bisous
Papa et maman

Aucun doute : c'est l'écriture de mon père.

Et pourtant, je le sais, ce message ne vient pas d'eux !

«sans faire de vagues»
Ce policier est très étrange...

Kidnapping ?

MENACES...

FILATURE

Dossier Flocon ?
Flocon... neige...
lien avec Christmas City ?

Les parents de Daya sont au courant de la disparition des Smith.

Que cachent-ils ?

Pourquoi les Smith ont-ils voulu intervenir durant l'interview du maire à la télévision ?

Père de Daya

Peut-on se fier à lui ?

8 décembre

Vase retourné : code
Lettre des Smith : c' est un fake
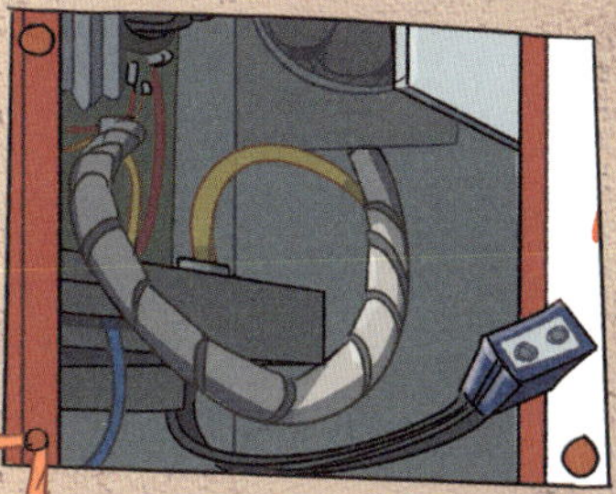
Disque dur volé

DISPARUS
fourgon
mallette noire
colosses
Qui sont-ils ?
Que veulent-ils ?
Lien?
Qui ?

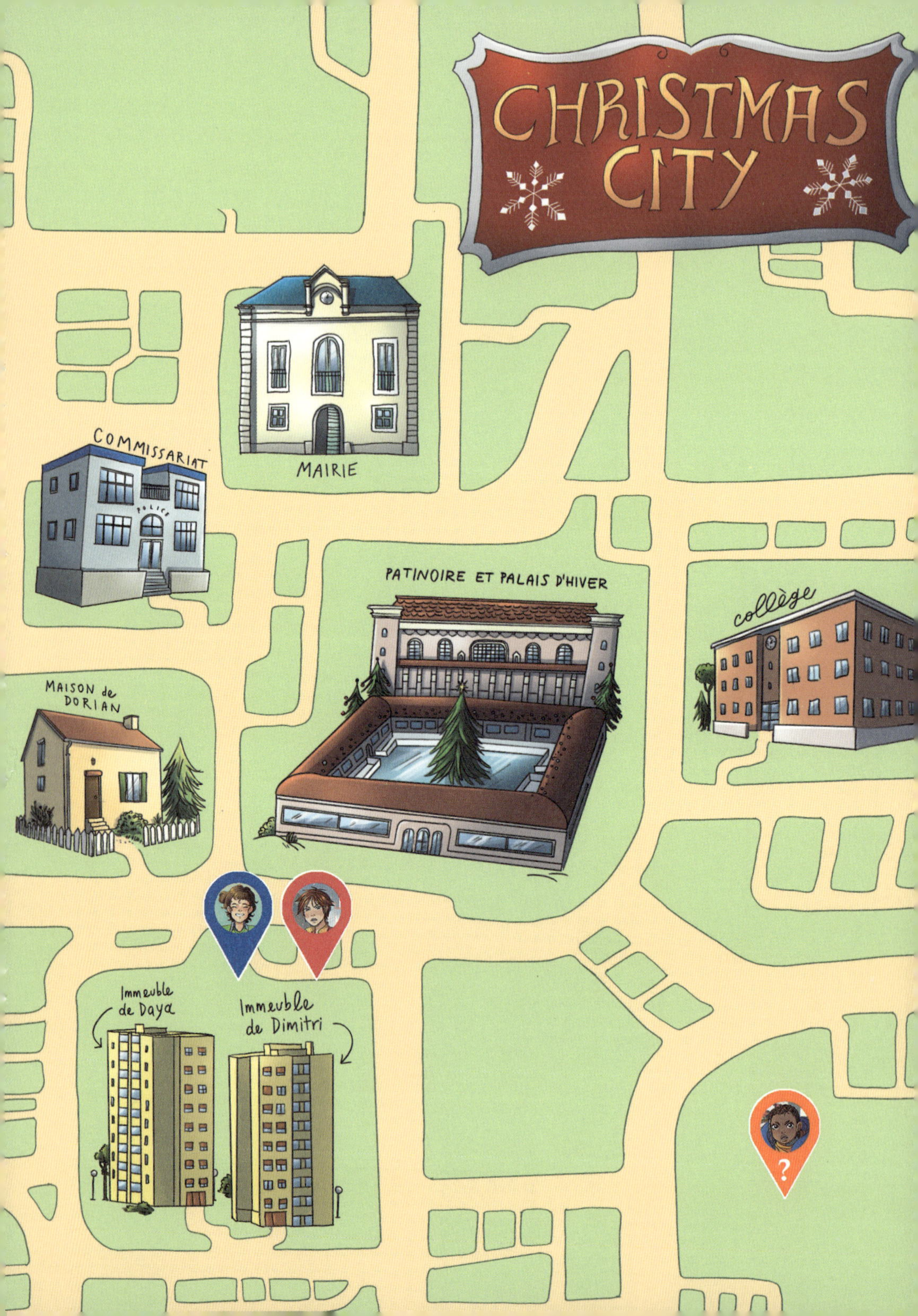
CHRISTMAS CITY
COMMISSARIAT
POLICE
MAIRIE
PATINOIRE ET PALAIS D'HIVER
collège
MAISON de DORIAN
Immeuble de Daya
Immeuble de Dimitri
?

Dorian

— Tu es sûr que cette lettre ne vient pas d'eux?

Hier soir, je n'ai pas pu aller chez Dimitri (j'ai dû faire le sapin avec ma petite sœur, super) alors, dès l'aube, je suis chez lui. On est autour de la table du salon. La lettre dont il m'a parlé est posée au milieu. Je sors ma loupe pour l'inspecter.

— Pas de marques de doigts exploitables, aucun signe distinctif sur l'enveloppe... Hé, lève pas les ycux au ciel, c'est important de bien traiter les preuves! je lance à Dimitri.

— Ça pue le *fake* à dix kilomètres! Papa et maman ne m'appellent jamais « Mon grand », rumine Dimitri. Et cette consigne d'être « sage », j'ai plus quatre ans...

— Mmm, mais l'écriture est bien celle de ton père, j'ajoute en comparant avec une feuille qu'il m'a donnée.

— Mais le pire, c'est cette histoire de grand-mère, s'insurge Dimitri, mes deux grand-mères sont mortes quand j'avais deux ans ! On les a forcés à écrire ce message, et c'est le moyen qu'ils ont trouvé pour me signaler qu'il était faux.

— « Sois patient », je relis, l'œil collé au papier. On dirait presque que quelqu'un cherche à gagner du temps... Pourquoi ?

Les hypothèses se succèdent pendant que Dimitri file se brosser les dents.

— À mon avis, c'est trop risqué d'aller voir les journalistes, je dis, on ne sait pas ce qui pourrait arriver à tes parents.

— Ils sont... (scratch scritch) retenus quelque... (scritch scritch) part ! acquiesce

Dimitri en oubliant de remettre le bouchon sur le tube de dentifrice. C'est chûr !

On attrape nos sacs pour aller en cours.

— « Sois sage » ? claironne mon ami. Je ne sais pas à qui j'ai affaire, mais il rêve ! me dit-il en fermant à clé derrière lui.

— Brrr, il fait de plus en plus froid, je frissonne. C'est pas comme ça d'habitude, on dirait presque que c'est fait exprès pour Christmas City.

On passe devant une affiche : « Christmas City : Concours des plus beaux sapins de la ville : 30 forfaits de ski à gagner ! »

— Ah, on a fait le sapin hier avec Chloé. On pourrait peut-être participer, mais je sais même pas à quoi vont ressembler les pistes, en pleine ville.

Je m'arrête tout de suite : je vois que la gorge de Dimitri se noue. J'imagine que lui aussi aimerait pouvoir faire le sapin… Je change de sujet :

— Au fait, t'as la lettre pour la montrer à Daya ?

— Ouais, dans mon sac. Elle n'est pas encore arrivée ?

— Oh, mais ce ne serait pas les frères siamois que voilà ?

Je grimace. Alerte Lilou en vue !

— Vous avez fini par fusionner pour ne plus rester tout seuls ? poursuit-elle, drapée dans un long manteau blanc qui lui donne un air de reine des neiges maléfique.

— C'est l'hôpital qui se fout de la charité, la rembarre direct Dimitri en faisant allusion aux filles derrière elle. Tu peux bien dire c'que tu veux, t'es personne sans tes copines !

Les filles poussent des gloussements outrés.

— Moi ? Personne ? Tu t'es regardé, mon pauvre ? s'agace Lilou en le pointant du doigt. Je te rappelle que je suis la nièce du maire de cette ville... je pourrais... je pourrais...

— Tu pourrais quoi ? la défie-t-il.

— Te faire interdire de patinoire !

Dimitri explose de rire.

— Parce que tu crois que j'ai que ça à faire d'aller te regarder t'étaler devant tout le monde parce que tu sais pas patiner ?

Nouveaux petits cris de stupeur dans l'assemblée.

— Non mais il s'est regardé celui-là ? Il n'a même pas son premier *flocon* ! reprend Lilou, verte de rage. Venez les filles…

— C'est ça, du vent ! gronde Dimitri.

— Bah dis donc, j'ai cru que t'allais…, je commence, avant d'être interrompu par la sonnerie.

Dimitri fonce direct dans les escaliers sans un regard pour moi. Super, le pote. Et Daya, qu'est-ce qu'elle trafique encore ?

J'aperçois Lilou qui me lance un regard mauvais. C'est bizarre tout de même, cette façon qu'elle a eu d'insister sur le mot *flocon*… Est-ce qu'elle en saurait plus qu'elle ne veut bien le dire ?

Daya

Le vendredi peut souvent être synonyme de journée interminable, mais pas aujourd'hui.

— Je vais sans doute me faire punir pour un sacré bout de temps de ne pas être allée en cours, mais ça vaut le coup…, je marmonne pour m'encourager à poursuivre.

Voilà des heures que je suis mon père à la trace. Il n'est pas rentré non plus hier soir… alors j'ai été carrément stupéfaite de le voir sortir de sa voiture ce matin en partant en cours. Papa était garé dans la rue et, apparemment, il avait dormi à l'intérieur, comme ces policiers qui font le guet toute la nuit. Pourquoi ? Est-ce qu'il fait ça pour nous protéger ? Pour pas que quelqu'un apprenne où on habite ?

En tout cas, il n'est pas parti travailler. Je ne sais pas où il va, mais ce n'est pas au labo. Ça fait un moment qu'il sillonne la ville. Aucune pause-déjeuner. Il vient seulement de s'arrêter à côté de l'une des futures pistes de ski dont le maire parlait l'autre jour à la télé. Un projet d'envergure : c'est le troisième quartier qui est complètement bouclé.

Tiens ?! On dirait qu'il ramasse quelque chose par terre. Des prélèvements ?

— Tant pis, je décide en traversant, je vais le prendre en flag ! On verra bien ce qu'il va me di...

Soudain, j'entends un vrombissement sur ma gauche. J'ai à peine le temps de me jeter entre deux véhicules stationnés le long du trottoir qu'une camionnette passe à l'endroit même où j'étais une seconde auparavant.

Mon cœur bat à mille à l'heure. Je me redresse. La camionnette est désormais loin et personne dans la rue ne semble avoir remarqué ce qui vient de se passer. Elle est customisée aux couleurs du père Noël, et une peluche géante de

renne trône sur son toit. Mais qu'est-ce que c'est que ce truc ?

Mon père a disparu dans l'intervalle. Je rebrousse chemin pour aller me réfugier dans la galerie d'un centre commercial à proximité. J'attrape mon portable en tremblant.

— Qu'est-ce qu'elle veut la lâcheuse ? maugrée Dimitri après quelques sonneries.

J'ai du mal à articuler :

— J'ai suivi mon père, je lui explique à bout de souffle, c'était trop bizarre, je vous expliquerai... Mais j'pensais pas que ce serait si dangereux...

— Hein ?! Qu'est-ce que tu racontes ? s'alarme Dimitri alors que j'entends Dorian lui demander d'actionner le haut-parleur.

— En fait, je crois...

J'aperçois alors deux pères Noël qui se dirigent vers moi d'un air menaçant.

Clic. La ligne a coupé.

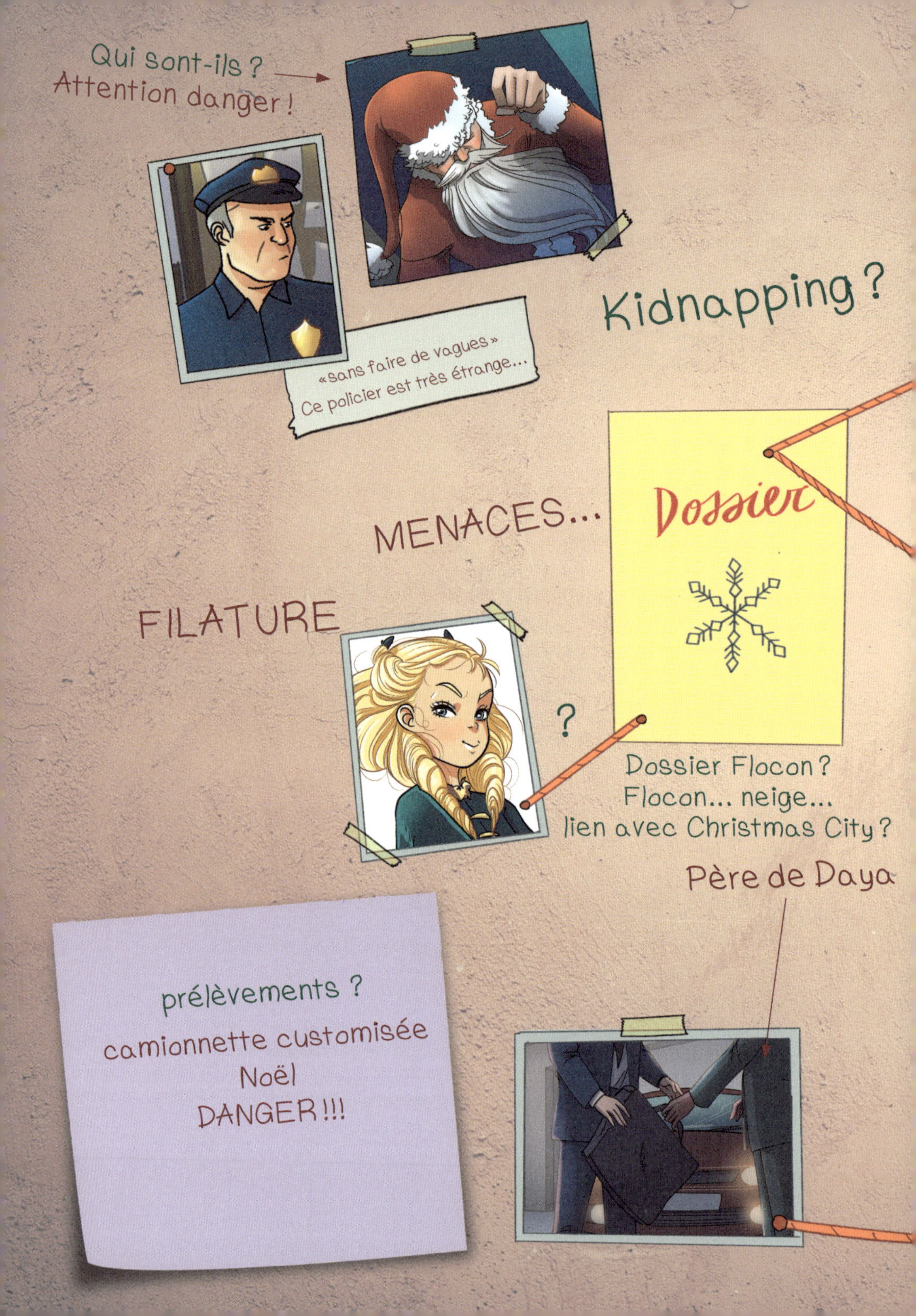
Qui sont-ils ?
Attention danger !
Kidnapping ?
«sans faire de vagues»
Ce policier est très étrange...
MENACES...
Dossier
FILATURE
?
Dossier Flocon ?
Flocon... neige...
lien avec Christmas City ?
Père de Daya
prélèvements ?
camionnette customisée
Noël
DANGER !!!

9 décembre

Vase retourné : code

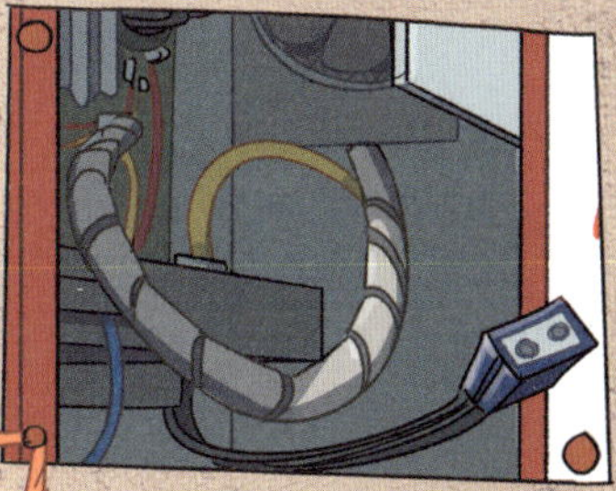

Lettre des Smith : c' est un fake

Disque dur volé

DISPARUS

fourgon
mallette noire
colosses
Qui sont-ils ?
Que veulent-ils ?

Lien?

Qui ?

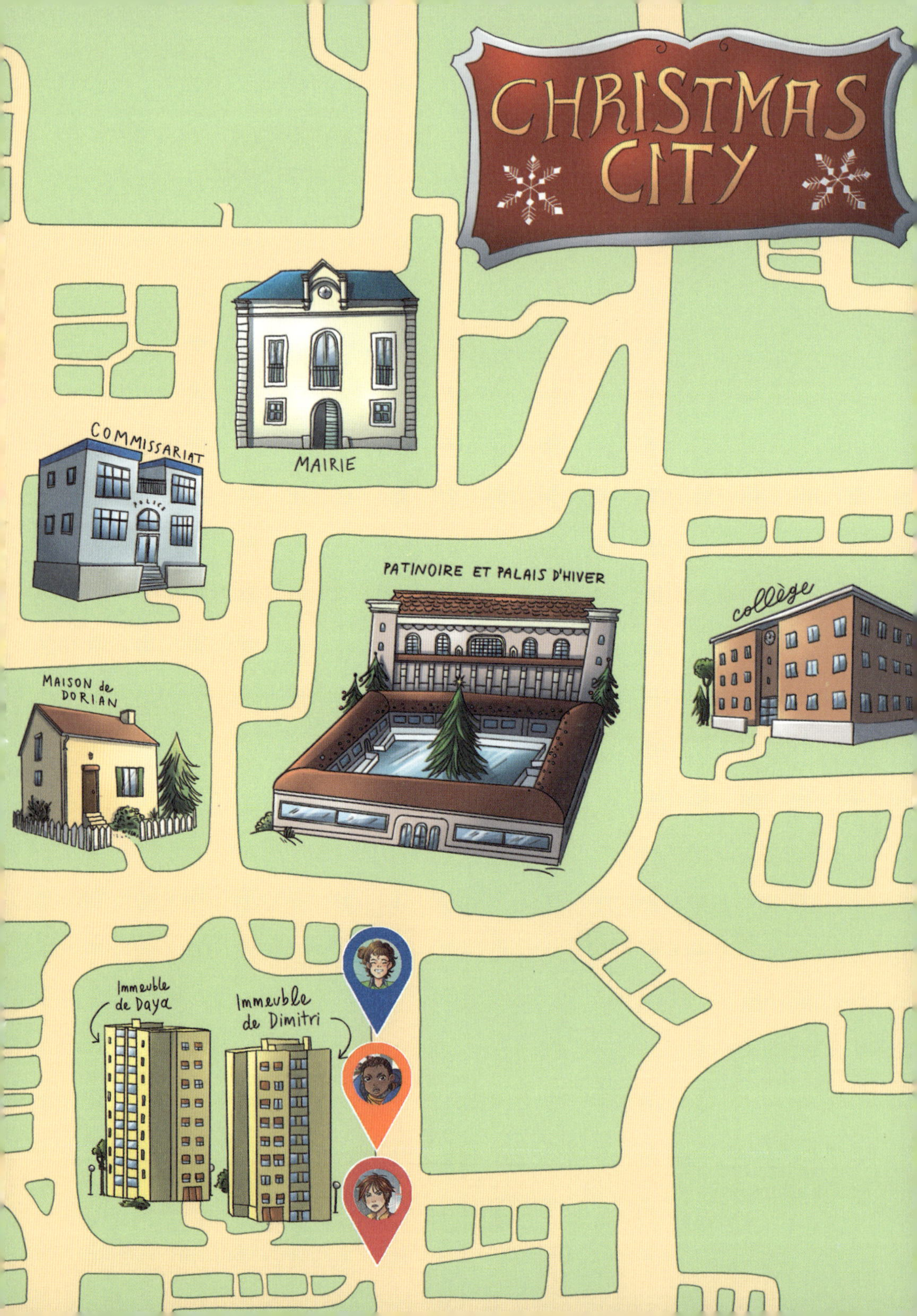
CHRISTMAS CITY
COMMISSARIAT
POLICE
MAIRIE
PATINOIRE ET PALAIS D'HIVER
collège
MAISON de DORIAN
Immeuble de Daya
Immeuble de Dimitri

Daya

Les scènes de la veille repassent en boucle dans ma tête.

— Tu es sûre qu'il n'est pas allé au travail? me redemande Dorian.

— Sûre et certaine, je réponds alors que Dimitri me sert un verre d'eau dans sa cuisine.

— Il est passé par la patinoire? m'interroge-t-il.

J'acquiesce.

— Ensuite, il s'est attardé vers la piste de ski installée dans le quartier Bonsecours et celle qu'ils finissent de mettre en place du côté des grands boulevards. Il a aussi passé plusieurs coups de fil. Mais je ne sais pas à qui il a parlé, j'ai pas pu m'approcher suffisamment. Je l'ai juste vu prendre des notes et ramasser un truc… J'vous le répète, c'était chelou, mais pas autant que la camionnette qui m'a foncé dessus quand j'ai voulu l'aborder ! Elle est passée à deux centimètres… et elle était bizarre, avec cette peluche sur le toit et sa déco de Noël.

— Et tu crois que c'était le même fourgon que sur le parking du labo mais décoré ? Quand ton père leur a donné la mallette ?

— Peut-être.

— T'as dû flipper grave quand même ! compatit Dorian.

— Ouais, en plus juste après j'ai vu deux hommes déguisés en père Noël super flippants qui se dirigeaient vers moi. Qu'est-ce qui se passe dans cette ville ? Et puis mon téléphone s’est fracassé quand je suis tombée ! Je suis dég…

Un moment de silence s’installe. Aucun de nous trois n’avait imaginé qu’enquêter prendrait de telles proportions.

— Je crois qu’après mon père est retourné chez Génétik’…, je finis par dire. En tout cas, c’est ce que ma mère m’a dit quand je suis rentrée, même si elle ne semblait pas rassurée pour autant…

— C’est pour ça que je pense qu’on devrait aller là-bas tous les trois ! me répond Dimitri. Il faut trouver un moyen d’obliger ton père à tout nous raconter… Si ça se trouve, il sait où sont mes parents depuis le début !

— C’est possible, et d’ailleurs…

Je brandis une carte plastifiée d’un air triomphant.

— … c’est pour ça que j’ai piqué le badge d’accès de ma mère !

Quelques heures plus tard, on se présente tous les trois au laboratoire Génétik'.

— Mon père m'a demandé de lui rapporter son déjeuner, je prétends au mec de l'accueil.

On passe de l'autre côté. Je ne suis pas venue ici depuis l'été. Le labo est un vrai dédale de baies vitrées.

Les pièces successives que nous longeons nous dévoilent le matériel de pointe utilisé par les biologistes. J'aperçois des machines automatisées dont les bras robotiques vont et viennent à leur guise. Un peu plus loin, nous observons une salle bardée d'éprouvettes et de flacons. Deux personnes semblent s'y affairer à leurs tâches d'analyses. Elles ne lèvent pas le nez à notre passage.

— Le bureau de mes parents est là, j'indique.

Je toque à la porte. Pas de réponse.

Je dévisage Dimitri d'un air entendu. J'utilise le badge de ma mère pour déverrouiller la porte, qui fait un « bip ! ».

Une légère tension se fait sentir lorsque nous franchissons le seuil...

— Je vais faire le guet devant, annonce Dorian.

Je hoche la tête. Ce réflexe m'aurait semblé ridicule il y a quelques jours, mais maintenant plus du tout. Nous entrons et fermons la porte derrière nous.

La pièce est meublée par deux bureaux qui se font face et trois armoires de métal sur le mur opposé. Deux d'entre elles sont ouvertes et bardées de classeurs, dossiers suspendus et autres piles de papiers.

— Je me demande où mon père est passé...

Je commence à examiner le premier bureau pour voir si je ne trouve pas quelque chose qui parle de flocon, de neige, ou d'hiver...

Dimitri, lui, examine les noms indiqués sur certains des dossiers suspendus. J'ouvre les tiroirs devant moi. Ils ne sont pas fermés à clé et contiennent essentiellement des fournitures : crayons, blocs-notes, et autre papeterie pratique. Quant aux bannettes, les dossiers qu'elles contiennent ne semblent avoir aucun intérêt.

Toutefois, un détail m'interpelle.

— Psitt ! Viens voir !

Je ne l'ai pas remarqué tout de suite, mais l'un des tiroirs que je viens d'inspecter est moins profond que les autres… Je lui montre une fine planche qui bouge légèrement sous la pression de mes doigts.

— Un double-fond ! je m'exclame.

Je le retire avec précaution. Nous découvrons un portable.

— Il a encore de la batterie.

Hélas, l'appareil est protégé par un mot de passe chiffré.

— Ma date de naissance, peut-être ? je dis à voix haute.

Bien vu, ça fonctionne ! Pour une fois que la chance est de notre côté...

Après quelques manipulations, je commence par vérifier les messages et deviens rapidement pâle comme un linge. Je tends le téléphone à Dimitri. Comme moi, il découvre de nombreux SMS qui ont visiblement été échangés entre ses parents et... les miens ! Je me colle à lui pour les lire par-dessus son épaule :

Smith

Tu sais pertinemment ce qui risque de se produire si ce type va jusqu'au bout. Christmas City sera une véritable catastrophe à tous points de vue...

Durandal

Je commence à croire que j'aurais préféré ne jamais avoir à faire ces analyses...

Pour rester dans l'ignorance de la plus grande catastrophe qui risque de déferler sur ce pays ?

Bien sûr que non, mais tu sais comme moi que ces preuves ne suffiront peut-être pas… Ce type est intouchable !

Quand bien même, ce projet Flocon est beaucoup trop dangereux en l'état ! On doit empêcher que tout ça se propage…

Très bien, demain, je t'apporterai le rapport d'analyses complémentaires. Vers 9 h, ça te va ?

Parfait, c'est noté. Je t'attendrai au petit square dans la rue derrière chez vous !

En attendant, fais attention. Cette histoire risque de t'attirer pas mal d'ennuis…

Ne t'en fais pas, j'ai pris certaines dispositions au cas où ça tournerait mal…

Tu as pensé à faire une copie du dossier ?

Oui, bien sûr ! Mais les Parker ignorent qu'ils l'ont.

Je fronce les sourcils. Les Parker ? Que viennent faire les parents de Dorian dans cette histoire ?

Tout à coup, un cri strident résonne dans le couloir et interrompt notre lecture. Dorian ! On se précipite à la porte.

— Vite, il faut filer d'ici ! hurle-t-il.

Le pauvre court comme un dératé avec à ses trousses un homme… en costume de père Noël.

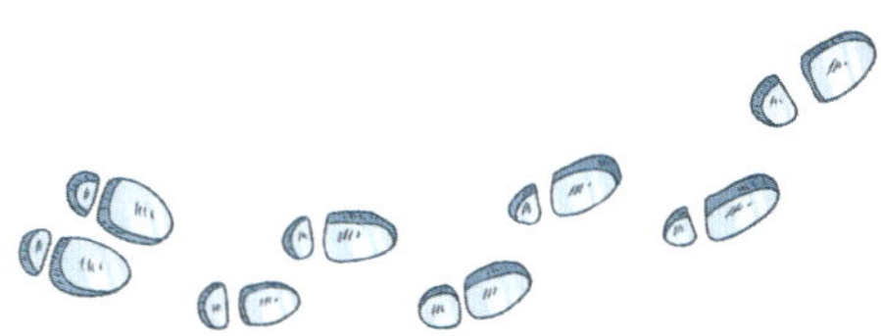

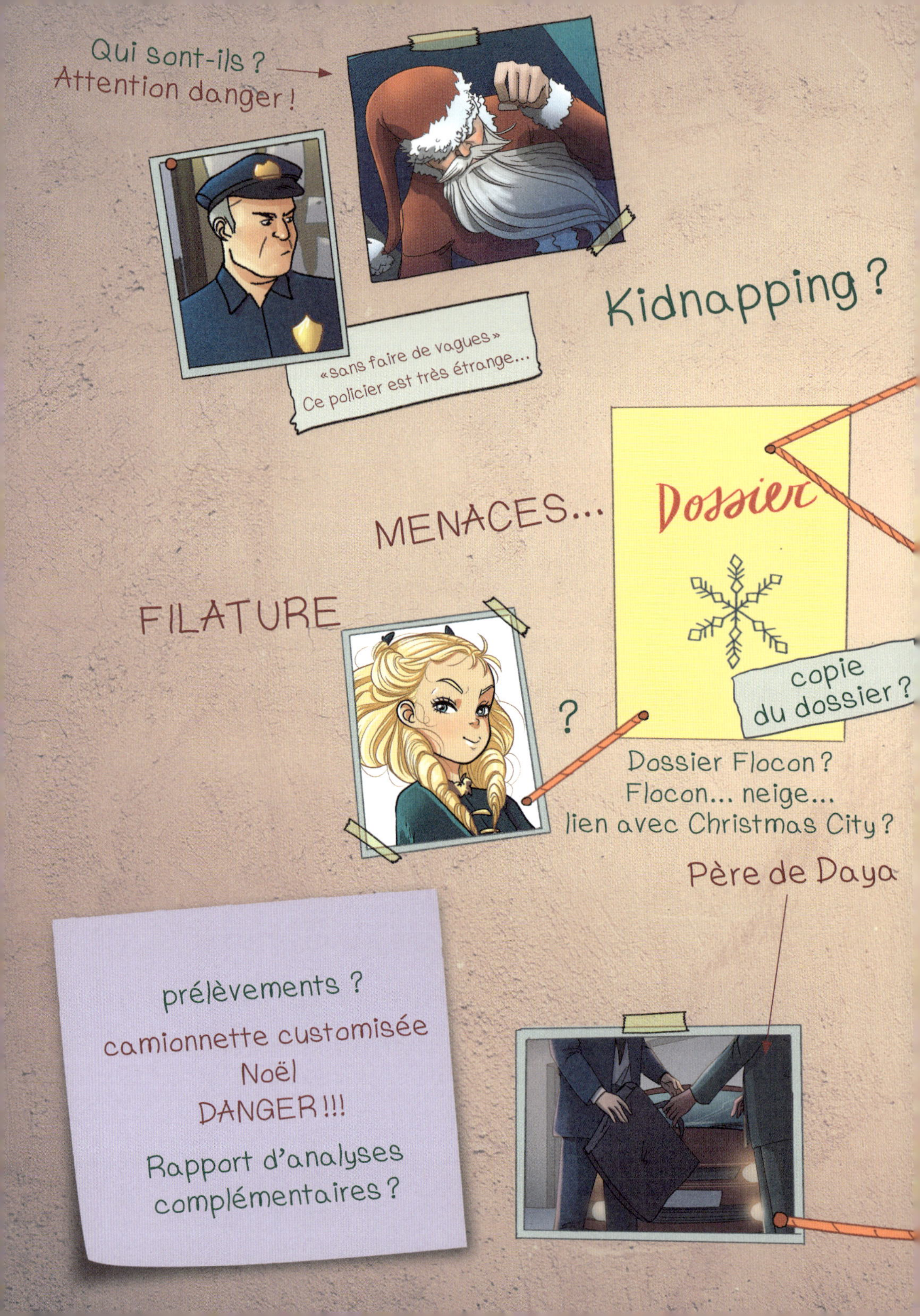
Qui sont-ils ?
Attention danger !
Kidnapping ?
«sans faire de vagues»
Ce policier est très étrange…
Dossier
MENACES…
FILATURE
copie
du dossier ?
?
Dossier Flocon ?
Flocon… neige…
lien avec Christmas City ?
Père de Daya
prélèvements ?
camionnette customisée
Noël
DANGER !!!
Rapport d'analyses
complémentaires ?

10
décembre

Vase retourné : code

Lettre des Smith : c' est un fake

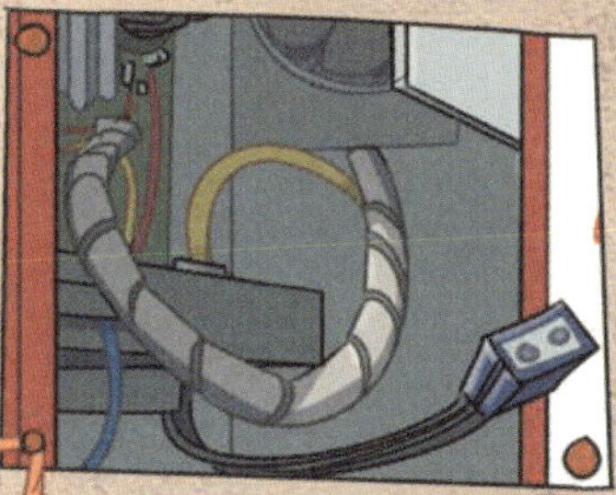

Disque dur volé

DISPARUS

fourgon
mallette noire
colosses
Qui sont-ils ?
Que veulent-ils ?

Lien?

Qui ?

CHRISTMAS CITY
MAIRIE
COMMISSARIAT
PATINOIRE ET PALAIS D'HIVER
collège
MAISON de DORIAN
Immeuble de Daya
Immeuble de Dimitri

Dorian

— Ça craint, s'agace Daya, on ne va pas rester enfermés éternellement !

— Ouais, ben, je préfère être ici que poursuivi par un de ces types déguisés en père Noël, je réponds en revivant la scène de la veille. Parce que sans cette pauvre laborantine qui est sortie de son bureau pour se mettre sur son chemin sans le faire exprès, je ne sais pas ce qu'il m'aurait fait !

J'ai été surpris en train de fureter près des archives par ce père Noël menaçant, que j'ai tout de suite reconnu comme étant un des types du fourgon, mais la situation a carrément dégénéré quand Daya et Dimitri ont embarqué des dossiers au hasard et ont déclenché l'alarme en courant derrière moi.

On s'est précipités chez Daya pour interroger sa mère, mais d'autres pères Noël nous attendaient devant chez elle !

On s'est donc barricadés chez Dimitri, chez qui la voie était libre. On a poussé des meubles derrière la porte d'entrée et prié toute la nuit pour ne pas revoir ce sale type ou ses complices.

— Je me demande pourquoi il s'est habillé en père Noël, fait remarquer Dimitri.

— Il en avait peut-être marre de son costume noir, je réponds, à demi convaincu.

— Ça nous pousse encore plus vers la piste Christmas City... C'est forcément lié au projet du maire, grince Daya.

Dimitri prend alors sa place à la fenêtre, il a besoin de souffler un peu. Nous montons la garde à tour de rôle depuis qu'on est rentrés, même si on est franchement épuisés.

— Vous pensez qu'on devrait retourner au collège demain ? je finis par demander. J'ai pas fait mes exos de techno, ça craint.

Dimitri et Daya se regardent... et explosent de rire ! Je réalise ce que je viens de dire et nous rions à gorge déployée pendant cinq minutes. Il semble qu'à l'heure actuelle on a beaucoup plus à craindre qu'un prof de techno en colère !

— Et sinon, on mange quoi ce midi ? nous interroge Daya.

— Tant que c'est pas toi qui cuisines, répond Dimitri.

Elle ouvre le réfrigérateur pour chercher un truc à grignoter.

— Les gars, j'ai une mauvaise nouvelle, reprend-elle en se pinçant le nez, je crois qu'un fromage est à deux doigts de décéder à l'intérieur !

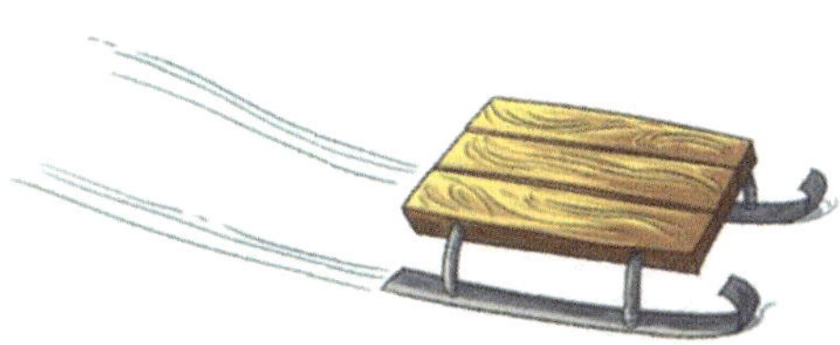

— Ah bah, c'est sûrement moins givré que le reste de cette ville, je fais remarquer, hilare.

Daya s'immobilise subitement. Elle me dévisage comme si elle venait de comprendre quelque chose.

D'un seul coup, elle se rue sur le congélateur et commence à balancer tout son contenu à terre !

— Eh ! T'abuses pas un peu ?! s'exclame Dimitri.

— Qu'est-ce que tu fais ? je demande à mon tour.

— Le congélateur, désigne-t-elle, personne n'a pensé à regarder dedans !

— Parce que tu crois vraiment que mes parents vont mettre un dossier secret dans le congélateur de notre frigo ? grince Dimitri.

— Remarque, vu le nom du dossier, « Flocon », ça serait l'endroit tout désigné pour planquer un indice, je le contredis. Mais c'est

clair que si le dossier est sur une clé USB, elle n'aura pas tenu le coup avec ce froid...

Je me lève pour inspecter les quatre tiroirs du congélateur avec eux : légumes verts, poissons panés, frites, une dernière glace... Rien de suspect.

— Bon, y a rien, t'es contente ? râle Dimitri à l'idée de devoir tout ranger.

— Attends, c'est quoi ce truc ? j'interviens.

Sous le bac à glaçons, il y a une sorte de bosse recouverte d'une étiquette. Je la décolle soigneusement, et mets au jour une petite carte. Je la retourne et souffle dessus plusieurs fois. Il n'y a rien d'écrit, mais de petits traits colorés parsèment le carton.

Mais oui !

— Je sais ce que c'est ! Tu as... je ne sais pas, des lunettes 3D ?

— Des lunettes comme pour le ciné ? s'étonne Dimitri.

— Oui, ou un intercalaire rouge en plastique ? Je crois... je crois que c'est un code polychromatique !

— Un quoi ? répètent les deux autres.

— Dites, ça vous arrive d'écouter le prof de sciences pendant les cours ? je continue de m'agiter. Je vais vous montrer !

Quelques minutes plus tard, Dimitri a fini par trouver un reste de pochette plastique rouge en piteux état parmi ses vieilles affaires d'école :

— J'espère que je n'ai pas fait tout ça pour rien ! il ronchonne.

Je pose le plastique au-dessus du carton sans lui répondre et... bingo ! Des lettres viennent d'apparaître. Je lis le mot à voix haute :

— AVOCAT... Quoi ?! C'est tout ?

— C'est vrai que ça ne veut pas dire grand-chose, soupire Daya, aussi déçue que moi.

Pourtant, je retrouve rapidement le sourire.

— On peut savoir ce qui t'amuse comme ça ? m'interroge Dimitri.

— Tu permets… je savoure, je fanfaronne. Au fait, c'est pas vous qui me disiez l'autre jour que je perdais mon temps à regarder mes séries policières préférées ?

— Bon, tu la craches ta pastille ? me provoque Daya.

— Ça, les amis, je reprends, c'est ce qu'on appelle chez nous, les « enquêteurs », un code César !

— Un code quoi ? répète Dimitri.

— AVOCAT, c'est une clé pour déchiffrer quelque chose, j'ai vu ça dans un épisode de l'inspecteur Marlowe. Tu décales les lettres pour créer ton message, et tu utilises un code pour savoir à quelle lettre ce dernier correspond. Donc là, il ne faut pas lire AVOCAT mais : *a* VAUT *k*. En clair, le *a* est égal au *k*, le *b* au *l*, le *c* au *m*, vous me suivez ?

— Bon, d'accord, admet Daya, on a une clé de déchiffrage. Mais il est où le message ?

— Ben ça, j'en sais rien ! je réponds. T'as pas des avocats dans ton frigo, Dimitri ?

Personne ne rigole à ma (super) blague. En même temps, on est devant un nouvel indice qui se termine de nouveau en queue de poisson. Je suis à deux doigts d'exploser, mais je me retiens. Car... Boom ! Boom ! Boom ! On vient de cogner à la porte !

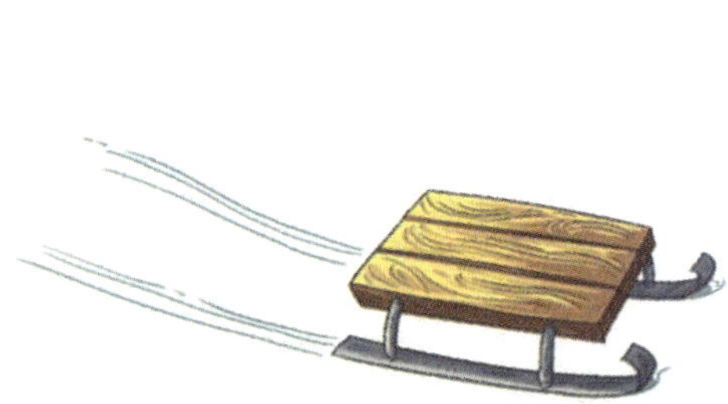

Qui sont-ils ?
Attention danger !
Kidnapping ?
« sans faire de vagues »
Ce policier est très étrange...
MENACES...
Dossier
FILATURE
?
copie
du dossier ?
Dossier Flocon ?
Flocon... neige...
lien avec Christmas City ?
Père de Daya
Code CÉSAR >>
clé de déchiffrage ?

CHRISTMAS CITY
Christmas City : piste à suivre
11
décembre
Vase retourné : code
Lettre des Smith : c'est un fake
Disque dur volé
DISPARUS
fourgon
mallette noire
colosses
Qui sont-ils ?
Que veulent-ils ?
Lien?
Qui ?

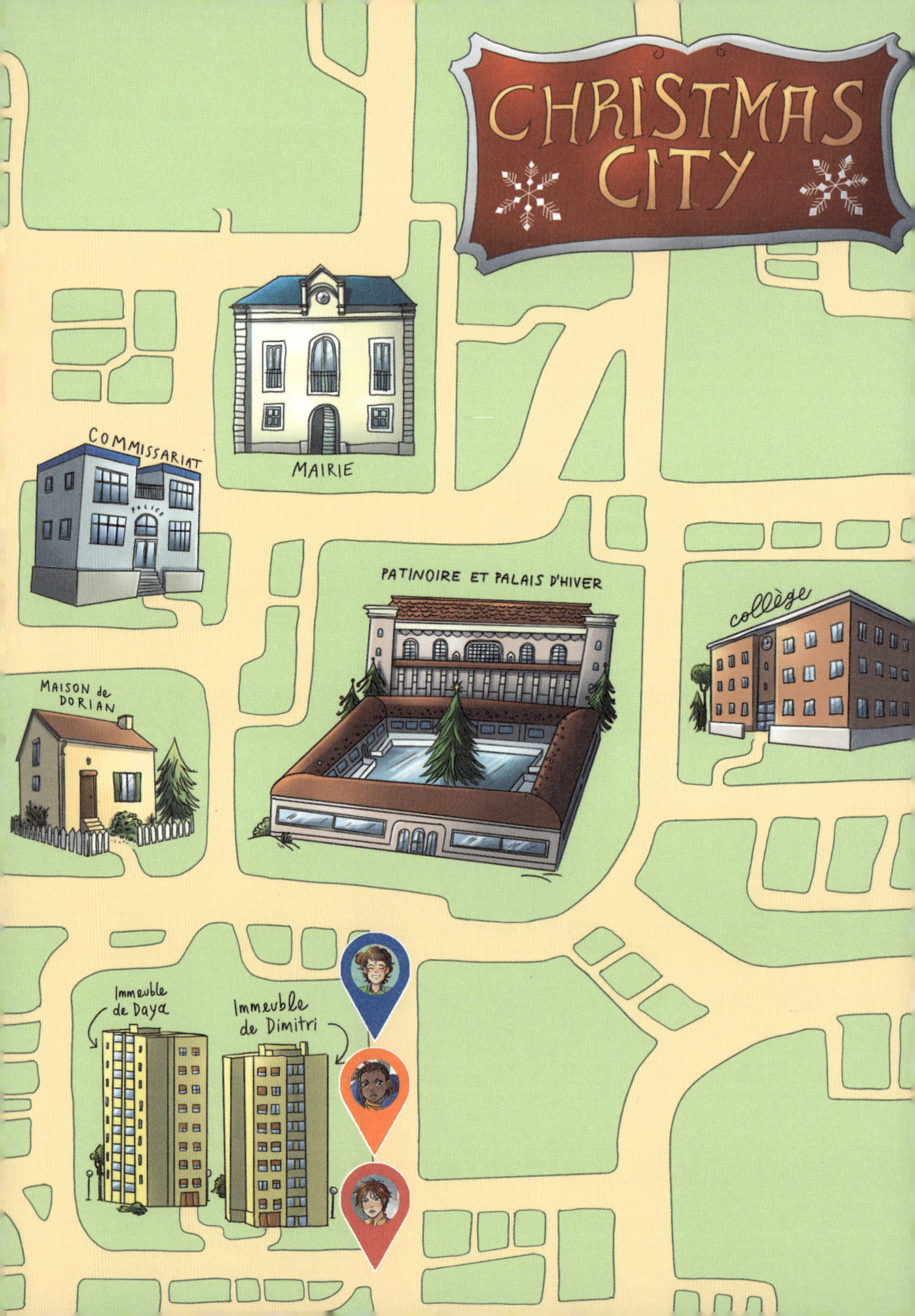
CHRISTMAS CITY
COMMISSARIAT
POLICE
MAIRIE
PATINOIRE ET PALAIS D'HIVER
collège
MAISON de DORIAN
Immeuble de Daya
Immeuble de Dimitri

Dimitri

— Ça va trop loin, regrette Dorian en rassemblant ses affaires pour quitter notre QG, mes parents vont m'arracher la tête dès qu'ils apprendront que j'ai été absent du collège !

— S'il nous dit qu'il peut arranger le coup en contactant le CPE pour que ça passe inaperçu, pourquoi pas, répond Daya en vérifiant qu'elle n'a rien oublié de son côté. Et puis son idée d'une sortie scolaire surprise pour rassurer les parents, ça se défend...

— Je te trouve bien confiante pour quelqu'un qui a failli se faire renverser par une camionnette il y a deux jours, je rechigne.

— Parce que t'as une meilleure option ? me relance-t-elle à propos du débat qu'on a déjà eu cent fois depuis hier. On a trouvé un prétendu code César, sans le message codé ! Mon père a sans doute disparu comme tes parents, et, au passage, oui, on a failli me tuer, merci de me le rappeler ! poursuit-elle les larmes aux yeux. Et pour couronner le tout, il y a des types déguisés en père Noël qui attendent sûrement qu'on mette le nez dehors pour nous sauter dessus !

La veille, on a eu la surprise de voir débarquer quelqu'un à la porte. Un jeune homme aux cheveux châtains et au visage presque enfantin.

Dorian l'a reconnu à sa voix :

— C'est le type de la patinoire ! C'est lui qui m'a attrapé pour m'interroger pendant l'inauguration ! s'est-il exclamé.

— Chut ! Moins fort, a répondu notre visiteur d'un air inquiet, vous allez ameuter tout le quartier... si ce n'est pas déjà fait !

On a démonté notre barricade pour le laisser entrer : il ne faisait pas partie du gang des pères Noël. Et même si c'était le cas, il n'avait pas l'air trop fort, et on aurait pu le maîtriser à trois, c'est sûr !

Il s'est enfin présenté. Il est enquêteur, et s'appelle Maxwell. Il travaille dans une branche spéciale liée à la défense de l'environnement.

— J'ai préféré garder mes distances avec vous pour vous préserver, nous a-t-il expliqué, mais cette affaire prend une tournure inquiétante...

Dorian me fait sortir de mes pensées. Il nous fait remarquer :

— Moi, ce qui m'inquiète, c'est que ce gars enquête en sous-marin, s'exclame-t-il, parce que dans les séries...

— Ça y est, c'est reparti ! souffle Daya en lui faisant signe de se taire.

Il poursuit quand même :

— Un policier qui travaille en sous-marin, c'est quelqu'un qui enquête sans avoir l'autorisation de ses chefs pour le faire ! Donc, c'est pas terrible comme garantie ! Est-ce qu'il va vraiment pouvoir nous aider ?

— C'est vrai que son truc du « moins vous en savez, mieux vous vous porterez », c'était un peu facile, admet Daya, mais tu sais très bien qu'on ne peut pas rester ici si on veut avoir une chance de retrouver tes... enfin, *nos* parents maintenant ! insiste-t-elle en me dévisageant. En tout cas, moi, je ne laisse pas ma mère se débrouiller toute seule...

— Et moi, je ne veux pas que ma famille soit mise en danger par ma faute ! l'appuie Dorian.

— OK, OK, j'opine à contrecœur, mais je vous préviens : au premier signe bizarre, on se barre ! J'le sens pas ce gars...

— Tu ne sens plus personne depuis dix jours, me rétorque Daya.

— Bon, il est huit heures… on y va? propose Dorian pour couper court à la discussion en enfilant son anorak. Il a dit huit heures en bas de l'immeuble.

— Ouais, j'attends de voir ce qu'il veut dire par « je vous conduirai en lieu sûr », je conclus.

— On y serait déjà si *Monsieur* n'avait pas commencé par l'envoyer promener! me rembarre Daya en ouvrant la porte.

— J'le sens toujours pas, je ressasse, mais alors pas du tout! Mais vous avez raison, je ne vois aucune autre option…

Une voiture nous attend devant l'immeuble. Le fameux enquêteur nous presse.

— Vite, venez!

— OK, OK, acquiesce Dorian, prêt à grimper à l'arrière du véhicule.

Je jette un regard dans la rue. Tout me paraît très calme, peut-être trop...

— Pas un seul passant, je marmonne, intrigué.

— Dépêchez-vous ! nous rappelle à l'ordre le conducteur, qui scrute son rétroviseur d'un air alarmiste, on doit la jouer discret si on ne veut pas faire de vagues !

Faire de vagues.

Un signal d'alarme retentit dans ma tête.

— T'as entendu ce qu'il vient de dire ?! je m'écrie en rattrapant Dorian par le bras.

— Hein ? De quoi tu parles ?

— Ne pas faire de vagues ! Le policier du commissariat a utilisé exactement la même expression ! je lui rappelle. Je le savais, c'est un piège ! Vous êtes de mèche avec lui, pas vrai ? j'agresse l'enquêteur au volant.

— Mais de quoi, de qui vous parlez ? s'insurge notre chauffeur-enquêteur-chelou.

— Oh, oh ! nous interrompt Daya.

Elle tapote mon bras pour que je me retourne. À mon tour, j'aperçois dans mon champ de vision non pas un, non pas deux, mais bien quatre pères Noël qui débarquent. Bref, on est dans la mouise !

— On se tire ! je hurle.

Je m'élance comme un dératé, imité par mes complices.

— Non, revenez ! insiste Maxwell, qui ne sait plus où donner de la tête en voyant les faux pères Noël courir vers nous. C'est votre seule chance de vous en tirer !

Trop tard. Je ne lui fais plus confiance.

— Attendez-moi ! crie Dorian, à la traîne.

Alors que la voiture de l'enquêteur repart en trombe, j'entends un père Noël dans mon dos crier :

— Celui-là, attrapez-le !

Je risque un coup d'œil en arrière... Mince ! Dorian ! Ils sont tout près de lui.

— C'est la cata ! Par ici ! je montre aux autres.

Je fonce droit dans le parking d'un immeuble avec l'espoir de me faufiler entre les voitures pour ralentir nos poursuivants. Mieux encore, ma course se transforme rapidement en partie de cache-cache. Vite, je m'accroupis et passe de voiture en voiture.

— Où sont-ils passés? gronde l'un des pères Noël non loin de moi.

Il ne peut pas me voir... Je reste collé dos à une portière, comme un aimant. Mon cœur s'emballe. Je sens une goutte de transpiration couler sur ma tempe. Il est tout proche...

— Psitt !

Daya apparaît dans mon champ de vision, elle aussi à croupetons. Elle me fait signe de la rejoindre. Une fois que j'ai réussi à l'atteindre, j'ai tout juste le temps d'apercevoir Dorian, de l'autre côté de la rangée de voitures, avant qu'une ombre se dresse devant lui. Et qu'un père Noël siffle entre ses doigts pour alerter les autres.

Daya et moi ne pouvons rien faire que d'assister à la scène.

En un éclair, Dorian est encerclé par les quatre hommes déguisés. Mon ami lève les bras en signe d'abandon et marmonne :

— Je me rends !

Ils l'ont eu.

Qui sont-ils ?
Attention danger !
COURSE
POURSUITE
Kidnapping ?
«sans faire de vagues»
Ce policier est très étrange...
Dossier
MENACES...
FILATURE
?
copie
du dossier ?
Dossier Flocon ?
Flocon... neige...
lien avec Christmas City ?
Père de Daya
Code CÉSAR >>
clé de déchiffrage ?

spécialisé dans la défense
de l'environnement
CHRISTMAS CITY
Christmas City :
piste à suivre
12
décembre
Vase retourné :
code
Lettre des Smith :
c'est un fake
Disque dur volé
DISPARUS
fourgon
mallette noire
colosses
Qui sont-ils ?
Que veulent-ils ?
Lien?
Qui ?

CHRISTMAS CITY
MAIRIE
COMMISSARIAT
POLICE
PATINOIRE ET PALAIS D'HIVER
collège
MAISON de DORIAN
Vers la gare
Immeuble de Daya
Immeuble de Dimitri

Dimitri

Daya et moi, on s'est réfugiés dans la gare de Christmas City. On a d'abord fait comme si on attendait un train. Mais après quelques heures de guet, on a fini par s'endormir sur un banc, côte à côte... Quand les rayons du soleil nous réveillent, je m'étire, gêné de m'être blotti contre elle.

— Ça va ? je l'interroge.

— Sans doute mieux que Dorian, me répond Daya.

— On va le sortir de là, j'assure, ces types travaillent bien pour quelqu'un...

Après notre fuite, Daya a essayé d'appeler sa mère… qui n'a pas répondu. Elle aimerait bien rentrer chez elle pour savoir ce qui se passe, mais je pense que c'est beaucoup trop risqué pour l'instant. On a éteint nos portables par sécurité, pour ne pas être traqués. Qui sait si on peut faire confiance à la police dans cette affaire ?

— Au fait, j'ai réfléchi pendant que tu dormais, j'annonce en me levant du banc, je pense qu'il y a quelqu'un qui peut nous aider, mais tu ne vas pas être ravie…

Je poursuis devant sa mine interrogative :

–… Lilou !

— Quoi ? Cette peste ?! s'écrie Daya, jamais de la vie !

— Je sais, mais je te rappelle que c'est la nièce du maire ! Si elle accepte de nous écouter, elle pourra sûrement l'alerter et, lui, il aura les moyens de nous aider, non ?

— Mouais, peut-être…, elle rechigne.

— Si on se dépêche, on peut même l'intercepter avant qu'elle n'arrive au collège ! je conclus en montrant l'horloge de la gare.

Daya se laisse convaincre. Sans doute aussi parce qu'elle n'a aucune envie de rester ici plus longtemps.

Quelques minutes plus tard, le portail du collège apparaît au bout de la rue. On croise plusieurs copines et copains. Tiens, ils ont tous des goodies Christmas City ! Ça sent les vacances de Noël financées par les projets du maire…

Daya accélère. Elle a Lilou en ligne de mire.

— Salut, tu tombes bien, elle attaque, on peut te parler cinq minutes ?

En guise de réponse, Lilou se contente d'un « Peuh ! » et reprend son chemin.

Quelle peste !

— Attends une minute, c'est important ! j'insiste.

— Même pas en rêve, nous balance-t-elle, j'veux pas être mêlée à vos affaires !

— On voudrait juste que tu préviennes ton oncle, j'explique, on ne te demande rien d'autre...

— On est poursuivis par des types louches déguisés en père Noël, ajoute Daya, nerveuse, et nos parents ont disparu...

— Quoi, les tiens aussi maintenant ?!

Elle nous dévisage et ajoute, perplexe :

— Bon, je dois vous avouer un truc bizarre... Hier, j'ai surpris mes parents qui discutaient entre eux de la disparition de tes parents, tête de nœud (elle parle de moi, là ?). Ma mère a dit un truc du genre : « Il faut qu'on reste en dehors de ça. Parce qu'avec lui, si ça continue comme ça, on va tous y avoir droit ! »

— « Lui » ? Elle parlait de qui ? j'interroge.

— J'ai pas tout compris, grommelle Lilou, mais elle a ajouté que les parents de Dorian seraient sûrement les prochains sur la liste s'ils savaient quelque chose sur la neige... Mais franchement, je ne vois pas ce qu'une histoire de neige et de météo vient faire là-dedans !

J'échange un regard entendu avec Daya. Sans doute parce que ça n'a rien à voir avec la météo, mais plutôt avec le dossier Flocon qu'on cherche tous...

— Bon, mais de toute façon, vous voudriez que je dise quoi à mon oncle ?

Dorian

J'hésite à prendre un morceau de gâteau. J'ai super faim et tout ce remue-ménage qui m'a conduit ici m'a creusé l'estomac. Je cède.

— Il est bon, n'est-ce pas? me dit l'homme assis devant moi avant de m'imiter. Perso, j'en raffole, ajoute-t-il, il vient du meilleur pâtissier de notre chère Christmas City! Avec ces petites décos de Noël en sucre, c'est joli, non?

J'opine, bien que je m'en contrefiche. Après quelques bouchées, mon interlocuteur reprend :

— Hrm hrm, tu as pu dormir un peu? J'espère que le lit de camp n'était pas trop inconfortable?

Cette fois, je fais non de la tête. Hors de question de parler à mon ravisseur, même s'il fait semblant de s'intéresser à mon bien-être!

L'homme esquisse un sourire avant d'évacuer des miettes de gâteau d'une barbe blanche qui me paraît trop luisante pour être vraie. Encore un qui se prend pour le père Noël!

Il dit s'appeler Klaus. Certes, il a de petites lunettes cerclées, mais la bedaine du célèbre

Santa lui manque cruellement. Il prétend travailler pour « l'avenir de notre ville ».

Ben voyons ! Cela dit, il semble être au courant de pas mal de choses...

— Je suis vraiment désolé pour tout ce cirque, reprend-il, mais, comme je te l'ai expliqué hier, on ne peut pas se permettre de prendre davantage

de risques. Il faut d'abord qu'on fasse la lumière sur cette histoire d'enquêteur et ces étranges disparitions... sans oublier le dossier Flocon !

— Je ne sais pas de quoi vous parlez, je lâche.

Bon, OK, je parle, mais hors de question de lui livrer des infos !

— Ah ! Tiens donc..., sourit Klaus. Je vois qu'on devient plus coopératif. Et si nous commencions par reparler de « l'enquêteur » (il mime des guillemets avec ses doigts maigrelets) qui est venu vous chercher... Son nom, je te prie ?

— J'en sais rien, je réponds, mais j'ai tout de suite pensé que c'était un enquêteur à la noix... Comme le policier qu'on est allés voir l'autre jour avec Dimitri !

— Un policier..., marmonne Klaus, songeur.

Je me mords la lèvre. Mince, j'ai lâché une information sans faire exprès. Si je reste ici, il va finir par arracher tous les vers de mon nez, d'une façon ou d'une autre.

La porte s'ouvre et l'un des pères Noël apparaît. En les voyant de plus près, je reconnais en effet les hommes en costume noir qu'on avait vus l'autre jour sur le parking.

— Pourquoi vous portez des costumes de Noël maintenant ? je m'enhardis.

— C'est pour représenter dignement notre Christmas City ! répond fièrement Klaus.

Toute cette histoire aurait donc vraiment à voir avec le projet du maire...

Le père Noël qui vient de faire son apparition chuchote quelques mots à Klaus.

— Ah ! Enfin du nouveau ! m'annonce-t-il.

Il quitte sa chaise, tout sourire, avant de conclure plus sèchement :

— On n'en a plus besoin ! Débarrassez-vous de lui !

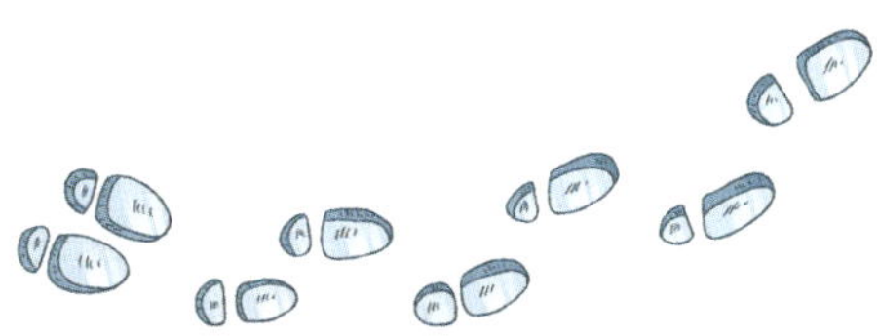

Qui sont-ils ?
Attention danger !
COURSE
POURSUITE
Kidnapping ?
«sans faire de vagues
Ce policier est très étr ge...
Maire de Christmas City
MENACES...
Dossier
copie
du ssier ?
?
Dossier Flocon ?
Flocon... neige...
lien avec Christmas City ?
Père de Daya
Code CÉSAR >>
clé de déchiffrage ?

13 décembre

spécialisé dans la défense
de l'environnement
CHRISTMAS CITY
Christmas City :
piste à suivre
Vase retourné :
code
Lettre des Smith :
c'est un fake
Disque dur volé
DISPARUS
fourgon
mallette noire
colosses
Qui sont-ils ?
Que veulent-ils ?
Lien?
KLAUS

CHRISTMAS CITY
Maison de Lilou
MAIRIE
COMMISSARIAT
POLICE
PATINOIRE ET PALAIS D'HIVER
collège
MAISON de DORIAN
Immeuble de Daya
Immeuble de Dimitri
?

Daya

— Pfff ! Je vous interdis de raconter à qui que ce soit que je vous ai laissés dormir chez moi, c'est clair ? grogne Lilou.

J'enroule l'un des duvets qu'elle nous a prêtés pour dormir dans son garage. Avec les pères Noël qui nous collent aux basques et l'enlèvement de Dorian, il nous fallait un endroit où dormir. Lilou a rechigné, mais elle a finalement accepté de nous aider.

— Bon, on a rendez-vous avec l'assistant de mon oncle à onze heures pour lui demander son aide, nous rappelle Lilou, on doit le retrouver à la patinoire.

— Encore la patinoire ? je lâche, méfiante. C'est le meilleur endroit pour un piège, je marmonne à Dimitri.

Il hausse les épaules. Et pendant que Lilou partage avec nous une boîte de biscuits en guise de petit déjeuner, je me demande si Dorian a aussi droit à un petit déjeuner. En pensant à lui, mon ventre se noue.

Un moment plus tard, notre trio improbable se faufile sur la pointe des pieds hors du garage :

— C'est bon ! La voie est libre ! nous appelle-t-elle après avoir vérifié les alentours.

— Merci, je lui glisse au passage, ce qui me vaut un nouveau haussement d'épaules.

Dehors, les arbres luttent pour ne pas trembler. Le vent souffle fort. On grimpe dans le bus, direction centre-ville.

Je ne peux pas m'empêcher de regarder souvent derrière nous pour vérifier que nous ne sommes pas suivis.

— On dirait deux fous qui cherchent l'homme invisible, nous fait remarquer Lilou.

— On y est presque, élude Dimitri. D'ailleurs, il ressemble à quoi l'assistant de ton oncle ?

— Il est assez baraqué avec des petites lunettes... Ah et depuis une semaine il porte aussi une barbe blanche ! C'est pour l'ambiance des fêtes. Mon oncle veut que Christmas City devienne la capitale mondiale de Noël, vous savez ?

— Oui, on est au courant, je grince. Regarde, il y a encore de nouveaux panneaux.

D'un seul coup, Dimitri s'immobilise. Il m'attrape par le bras et montre le panneau en question.

CHRISTMAS CITY, LA VILLE DE NOËL !

DE NOUVEAUX QUARTIERS DÉDIÉS AUX SPORTS D'HIVER ! DES PISTES DE LUGE COMME JAMAIS VUES AILLEURS ! UN SERVICE D'ORDRE AUSSI ATTENTIF QUE LE PÈRE NOËL ! PROFITEZ DE L'HIVER TOUTE L'ANNÉE GRÂCE À LA FABRICATION LYOPHILISÉE OPTIMALE COMPOSITE ORGANISME NEIGEUX, PRESQUE COMME DE LA VRAIE NEIGE !

Fabrication **L**yophilisée **O**ptimale **C**omposite **O**rganisme **N**eigeux. FLOCON.

Le dossier Flocon a bien un rapport avec Christmas City, et un gros : la fausse neige sur laquelle le projet est construit !

— On a rendez-vous côté chalets, reprend Lilou, qui n'a pas vu le changement dans notre attitude.

Son smartphone se met à vibrer.

— C'est lui, précise-t-elle avant de décrocher. Oui, on arrive ! On sera là dans deux minutes !

Nous échangeons un regard avec Dimitri. Avec ce qu'on vient de comprendre, est-ce que c'est une bonne idée de rencontrer l'assistant du maire ? Avant qu'on ait pu en parler, les portes s'ouvrent et Lilou nous entraîne dehors. J'avise la patinoire, quasi déserte. Quasi...

— Encore les pères Noël ! s'exclame Dimitri.

Ils sont postés aux quatre coins de la place.

— Je savais que ce n'était pas une bonne idée, le maire est dans le coup ! je m'affole en faisant volte-face et en commençant à m'éloigner. J'en ai marre, je veux savoir où sont mes parents...

— Attends, tente de m'arrêter Dimitri, on avait dit qu'on restait ensemble !

Mais tout ce que je fais maintenant, c'est courir.

— Laisse-la, j'entends Lilou derrière moi, on n'a pas besoin d'elle... c'est qu'une lâcheuse !

Un moment plus tard, me voilà devant chez moi. J'attends quelques minutes pour vérifier que personne ne fait le guet pour m'intercepter. Puis je me réfugie dans l'immeuble. Je grimpe les escaliers quatre à quatre et j'aperçois avec stupeur notre porte d'entrée entrouverte...

Je passe la tête et découvre les meubles sens dessus dessous, comme si une mini-tornade avait traversé le salon et retourné nos tiroirs. J'entre avec prudence...

— Y a quelqu'un ?

Personne ne répond.

Je constate très vite que ma chambre n'a pas échappé au désastre. Je rassemble quelques affaires de rechange en vitesse, embarque deux paquets de biscuits et une bouteille d'eau, et je repars aussi sec. Faut pas que je reste ici !

Qu'est-ce que je fais maintenant? Je rejoins Dimitri ? Je vais d'abord retourner au labo. Quelqu'un aura peut-être des infos sur mes parents...

Dorian

J'inspecte une nouvelle fois le local dans lequel on m'a enfermé : tapis, ballons, haies de course à pied et autres objets destinés au sport. Mais, a priori, rien d'utile quand on veut assommer quelqu'un !

Sous les ordres de Klaus, les pères Noël m'ont transféré dans un gymnase municipal.

J'empile les tapis de gymnastique pour atteindre une petite fenêtre en hauteur. Flûte ! Pas moyen de l'ouvrir !

— Faut que je trouve un moyen de filer d'ici... je marmonne.

Mais au même moment la serrure se met à cliqueter. Sans réfléchir, je me tasse dans l'encadrement de la fenêtre, en partie caché par les tapis de gym. Et si c'était le bon moment pour tenter de m'enfuir ?

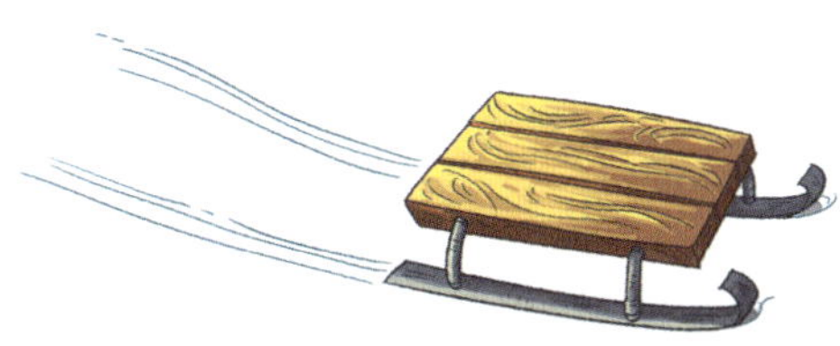

— Tu te crois malin? gronde l'homme qui vient d'entrer. Sors de là avant que je t'étripe!

Je l'entends aussitôt ouvrir un casier métallique. Il enrage de ne pas m'y trouver.

— Bon! Tu as trente secondes pour sortir! reprend-il avant de s'attaquer à la pile de tapis.

C'est le moment ou jamais! Je pousse de toutes mes forces sur la pile.

Bim! Les tapis s'écroulent sur mon adversaire. Il trébuche et je saute au sol puis me rue vers la porte... Mais pas assez rapidement, car l'homme m'attrape la cheville au passage.

— Je t'ai eu!

— Lâchez-moi! je hurle.

Le père Noël de pacotille se relève tant bien que mal. Il me barre le passage et m'attrape par le col. Je me débats de toutes mes forces.

BONG!

Le père Noël d'opérette retombe aussi sec sur le sol. Quelqu'un vient de l'assommer!

Qui sont-ils ?
Attention danger !
COURSE POURSUITE
Kidnapping ?
«sans faire de vagues.»
Ce policier est très étrange...
Maire de Christmas City
MENACES...
Dossier
copie du dossier ?
?
FLOCON = Fabrication Lyophilisée Optimale Composite Organisme Neigeux
Père de Daya
Code CÉSAR >> clé de déchiffrage ?

14 décembre

spécialisé dans la défense
de l'environnement
CHRISTMAS CITY
Christmas City : piste à suivre
Vase retourné : code
Lettre des Smith : c'est un fake
Disque dur volé
DISPARUS
fourgon
mallette noire
colosses
Qui sont-ils ?
Que veulent-ils ?
Lien?
KLAUS

CHRISTMAS CITY
Maison de Lilou
MAIRIE
COMMISSARIAT
POLICE
PATINOIRE ET PALAIS D'HIVER
collège
MAISON de DORIAN
Immeuble de Daya
Immeuble de Dimitri
?
?

Dimitri

— C'est pas de l'inconscience, c'est de la bêtise ! ronchonne Lilou dans les escaliers. Ton cerveau a dû s'évaporer dans mon garage en y dormant.

Je ne relève pas en dehors d'un « chut ! », que j'ordonne pour mieux tendre l'oreille. Lilou et moi sommes devant chez moi : je veux voir si mon appartement a lui aussi été « visité », et récupérer des affaires...

Je ne remarque rien de particulier, hormis Chamallow, le chat roux des voisins du deuxième, qui vient se frotter contre mes jambes pour réclamer une caresse. Ah, si tu pouvais parler, tu pourrais me servir d'éclaireur...

Il faudra m'en passer. Je suis le seul de nous trois à ne pas m'être fait attraper. Enfin, je crois.

Ce matin, je suis allé chez Daya et j'ai découvert son appartement saccagé.

Aucune nouvelle d'elle... J'ai même rallumé mon portable. Rien. Pas un message.

Qu'est-ce qui lui est arrivé ? Pas de nouvelles de Dorian non plus depuis son enlèvement par le gang des pères Noël. Est-ce qu'ils vont bien ?

Mon pouls s'accélère. Est-ce qu'il va m'arriver quelque chose à moi aussi ?

Je constate que la porte de chez moi est toujours fermée à clé : étant donné les circonstances, c'est plutôt bon signe.

— C'est sympa chez toi, me lance Lilou, moqueuse. Un peu lourdingue mais sympa ! poursuit-elle en examinant un premier baromètre, puis un autre un peu plus loin.

Je me dirige vers ma chambre sans lui répondre.

J'ai besoin de vêtements de rechange.

Pendant ce temps, Lilou continue son inspection. Elle passe par le bureau et j'entends :

— Quel bazar ! Faudrait peut-être penser à ranger deux, trois trucs !

Je reviens vers elle et la surprends à contempler des photos au mur.

— Qu'est-ce que tu fiches ?! je gronde.

— J'admire, elle ironise.

Un pan entier de cadres m'est consacré et c'est vrai qu'on m'y voit en photo bébé – nu sur une couverture – brandissant une tétine comme un trésor.

Pas mon profil le plus classe.

Lilou aperçoit alors la lettre que mes parents m'ont adressée. Elle s'en empare aussitôt et commence à en lire certains passages à voix haute :

— « Sois sage », toi ? Je ne sais pas qui a écrit ça, mais il ne te connaît pas !

— Laisse tomber, je m'agace en lui prenant la feuille des mains, ce message, c'est qu'un *fake* de toute manière… C'est l'écriture de mon père, mais c'est pas un vrai message.

— D'accord, « Mon grand », continue de se moquer Lilou.

À peine Lilou a-t-elle prononcé ces mots que j'entends un déclic sur ma droite. Je tourne aussitôt la tête. Un panneau vient à l'instant de coulisser dans le bureau. Une pièce cachée !

— Comment t'as fait ça ?! je m'exclame.

— J'suis trop forte, c'est tout ! me répond-elle en roulant des yeux aussi surpris que les miens. C'est quoi cette chambre secrète ?

Wow, j'avais une station météo géante à la maison et je n'étais même pas au courant ! Mes parents ont décidément plein de secrets… J'examine les gadgets partout, dignes de James Bond, et les multiples écrans allumés malgré l'absence de leurs propriétaires. Ça a l'air d'être une suite d'analyses… Mais le clou du spectacle, c'est une énorme station radio.

Je m'empare du micro et tente un appel :

— Allô ? Y a quelqu'un ?

— Raté ! Pas de réponse des extraterrestres ! se moque Lilou dans mon dos.

Apparemment, quelqu'un cherche à lui donner tort, car quelques secondes après une voix me répond dans un grésillement :

— Stratus ? Ici, Cumulonimbus ! Stratus, vous m'entendez ?

Daya

Je soupire. Un petit nuage de buée s'échappe de mes lèvres. J'ai mal partout. J'ai glissé mon sac à dos sous mes fesses, mais j'ai l'impression de geler sur place.

Il fait un froid de canard. J'ai réussi à m'endormir hier, je ne sais pas comment, mais là je commence vraiment à cailler.

Je serre les poings. Le camion est à l'arrêt depuis des heures. Jamais, mais vraiment jamais je n'aurais imaginé ce scénario...

Papa... ne me dis pas que tu travailles pour ces sales types ?!

En effet, en arrivant aux abords du labo hier, j'ai vu mon père aider les faux pères Noël ! Ils chargeaient un grand camion, du genre poids lourd américain, de tonneaux bleus.

C'est au milieu de ces bidons estampillés F.L.O.C.O.N. que je suis à présent.

Je me suis faufilée pour assister à la scène. Je guettais un moment où mon père serait seul pour l'aborder et exiger des explications.

J'y étais presque...

Il s'est retrouvé seul quelques instants, il était à portée de voix. Mais un père Noël est revenu sur ses pas.

J'ai paniqué et je suis montée dans le camion, où je me suis cachée.

Tout de suite après, ils ont fermé le volet roulant, et j'étais coincée.

Quelle bêtise !

Le logo sur les bidons représente un flocon de neige bardé de l'inscription « Danger ». C'est sûrement ça dont parle le dossier Flocon, ça que nos parents étudiaient : la neige artificielle qui va être répandue dans Christmas City est dangereuse !

J'en suis sûre à présent !

— C'est bien ma veine, je peste, si ça se trouve ces trucs sont carrément radioactifs !

Je me crispe d'effroi à cette pensée.

Encore plus quand j'entends qu'on s'active autour de la remorque.

— N'oubliez pas, gronde quelqu'un, il faut que tout soit dans l'entrepôt avant midi pour l'épandage ! C'est compris ?

Je grimace. Ça ne sent pas bon du tout… Qu'est-ce qu'il va m'arriver ?

Qui sont-ils ?
Attention danger !
COURSE POURSUITE
Kidnapping ?
«sans faire de vagues»
Ce policier est très étrange...
Maire de Christmas City
MENACES...
Dossier
copie du dossier ?
?
FLOCON = Fabrication
Lyophilisée Optimale
Composite Organisme Neigeux
Père de Daya
Code CÉSAR >>
clé de déchiffrage ?
Révélations !
Fausse neige = danger ?
Station météo
géante secrète

spécialisé dans la défense
de l'environnement
CHRISTMAS CITY
Christmas City :
piste à suivre
15
décembre
Vase retourné :
code
Lettre des Smith :
c'est un fake
Disque dur volé
DISPARUS
fourgon
mallette noire
colosses
Qui sont-ils ?
Que veulent-ils ?
Lien?
KLAUS

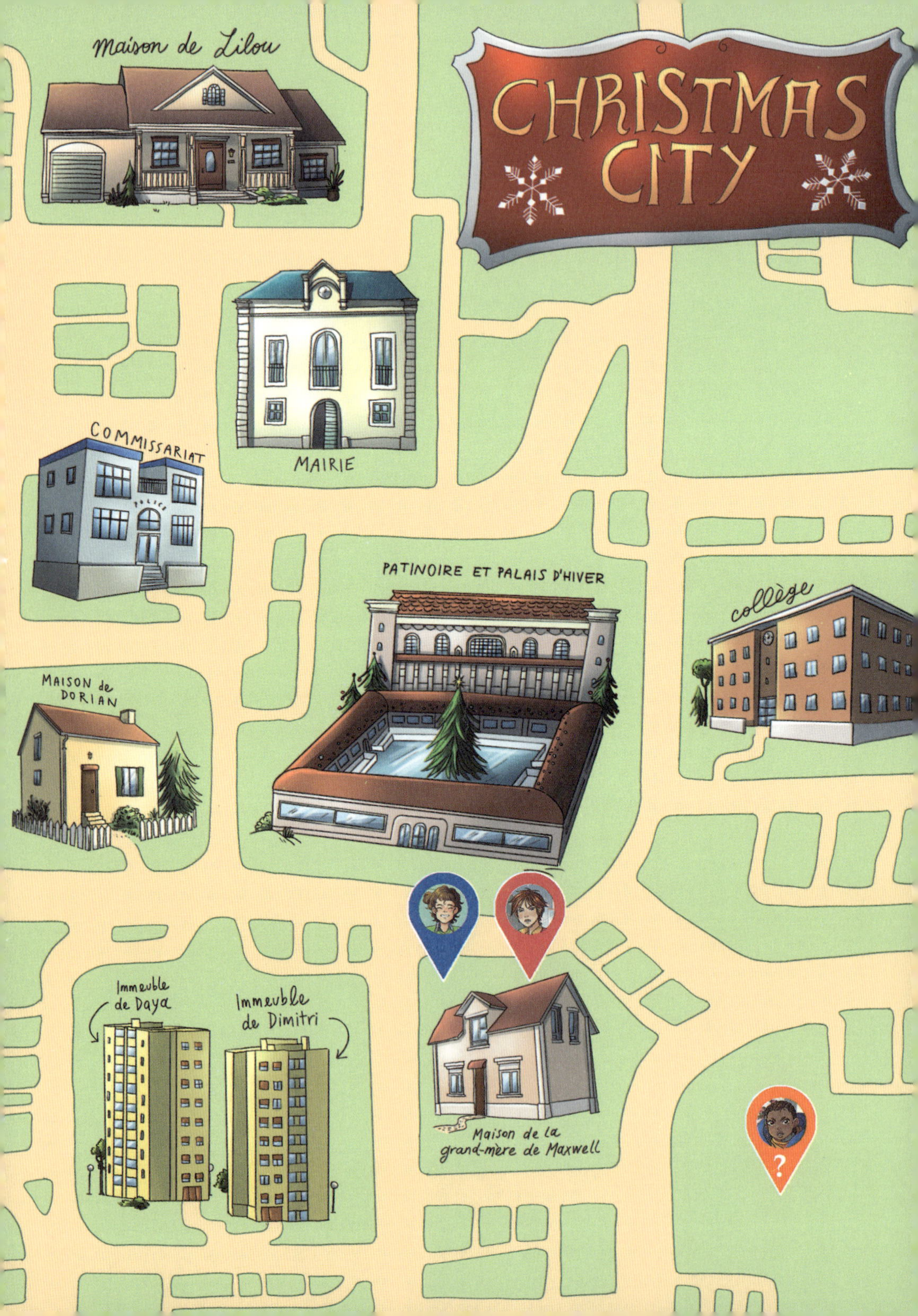
CHRISTMAS CITY
Maison de Lilou
MAIRIE
COMMISSARIAT
POLICE
PATINOIRE ET PALAIS D'HIVER
collège
MAISON de DORIAN
Immeuble de Daya
Immeuble de Dimitri
Maison de la grand-mère de Maxwell
?

Dorian

— Hmm, de la confiture de fraises, j'adore ! s'exclame Dimitri.

— Et ce chocolat chaud, c'est un délice ! Merci, madame, je m'exclame.

— Tu veux de la confiture sur tes tartines, Maxou ? interroge alors notre hôtesse, une petite dame au chignon impeccable habillée d'une robe à fleurs d'un autre temps.

— Heu… oui, merci, mamie ! rougit Maxwell.

J'échange un regard avec Dimitri et on se retient de rire.

En quelques heures, je suis passé de kidnappé-dans-un-gymnase-humide à chouchouté-par-une-mamie-qui-me-sert-un-petit-déjeuner-royal en compagnie de mon meilleur ami. Et tout ça, c'est grâce au petit-fils de notre hôtesse, Maxwell.

C'est grâce à lui que nous sommes sains et saufs, Dimitri et moi. C'est lui l'inconnu qui m'avait attrapé à la patinoire et qui était venu ensuite chez Dimitri nous proposer son aide en urgence. Si les faux pères Noël n'avaient pas enrayé son plan, et si Dimitri lui avait fait confiance, ça ferait un moment qu'on serait en sécurité. Et Daya serait avec nous...

Heureusement, Maxwell ne nous a pas laissés tomber. C'est lui qui m'a délivré du gymnase dans lequel on m'avait enfermé, et c'est avec lui que nous avons retrouvé Dimitri ; en fait, il était en contact avec les parents de Dimitri et de Daya, il correspondait avec eux sur le dossier Flocon en secret grâce à sa station radio !

Dimitri a changé d'opinion sur Maxwell maintenant, il sait qu'il est de notre côté. Avec lui, nous sommes venus nous réfugier dans

une petite maison du quartier qui appartient à sa grand-mère. Et celle-ci est aux petits soins pour nous :

— N'hésitez pas à goûter cette confiture de rhubarbe aussi, c'est du fait maison. Vous m'en direz des nouvelles ! nous assure-t-elle d'un sourire.

Le téléphone de notre nouvel allié sonne alors.

— Ah, c'est le bureau ! s'exclame Maxwell. Ne bougez pas, je reviens tout de suite !

Je profite de son absence pour chuchoter à Dimitri :

— T'es sûr qu'on a bien fait de laisser Lilou repartir ? Elle en sait beaucoup, quand même.

— J'sais pas vraiment, me répond-il, mais je crois que c'est mieux de ne pas la mêler davantage à nos affaires...

— Qu'est-ce qu'on fait si elle raconte tout à Klaus ou à son oncle ?

Dimitri m'a dit lui avoir fait promettre de garder le silence pour l'instant, mais est-ce que ça sera suffisant ?

Maxwell ne tarde pas à revenir. Il affiche un air maussade.

— Pas assez de preuves… pas assez de preuves ! Qu'est-ce qu'il attend ? marmonne-t-il entre ses dents. Qu'une catastrophe écologique ait lieu pour ramasser les morceaux le jour de Noël ? Ah ! Si seulement on avait la copie du dossier Flocon, avec toutes les preuves rassemblées par tes parents et ceux de Daya sur cette fausse neige, ça changerait tout.

— Je n'arrive pas à croire que la mairie soit capable de répandre un produit nocif pour développer son projet Christmas City, je soupire.

— Et il n'y a pas que ça, grogne Dimitri, ils installent des pistes, des canons à neige, ferment des quartiers entiers... C'est un projet énorme, je ne sais pas comment on va arrêter ça !

— On va les faire tomber, d'une manière ou d'une autre, assène Maxwell.

— Faire tomber qui ? questionne mon ami. Klaus ? Le gars qui a enlevé Dorian ?

— Pas seulement, répond Maxwell, comme si le nom du maire était celui-qu'on-ne-doit-pas-prononcer.

Parce que nous sommes d'accord : c'est le maire qui tire les ficelles de toute cette histoire ! Notre ennemi est bien plus dangereux qu'il n'y paraît. Il a des contacts dans toute la ville, des liens avec les médias, il fait voter les lois et a des alliés puissants.

Soudain, la grand-mère s'adresse à son Maxou :

— Je ne sais toujours pas ce que tu trafiques dans ton travail, dit-elle, mais je te connais assez pour savoir que si tu te mets dans des états pareils, c'est que ça doit être important...

Notre hôtesse saisit une casserole pour la ranger et poursuit, tout à coup les yeux dans le vague et la voix chevrotante :

— Tu sais, ton grand-père disait souvent qu'il fallait savoir attraper le taureau par les cornes. Pour faire quelque chose de bien, il faut écouter son instinct...

Je rêve ou elle est en train de nous dire de foncer ?

Une vieille horloge au mur sonne dix heures. Dix heures ?! Déjà ? Dix heures, c'est l'heure à laquelle Daya et Dimitri ont convenu d'allumer leurs portables.

Dimitri rallume son téléphone. Et là, surprise ! « Vous avez un message vocal. »

Je pousse un petit cri : Daya ! Est-ce qu'elle va bien ?

Dimitri appelle aussitôt sa messagerie. La voix qu'on entend est saccadée, mais c'est bien Daya !

— Di... mitri...

On entend un frottement, suivi d'un souffle court et de quelques mots chuchotés :

— Nos parents... Je sais où ils sont !

Lilou

Je regarde à droite, puis à gauche. Le hall de gare est bondé. Mais, moi, je ne suis pas là pour voyager...

J'observe les casiers de la consigne, où on peut déposer des objets...

Eh oui ! Moi, je l'ai trouvé ce fichu code dont parlait Dimitri ! Il était juste sous son nez, mais cet idiot était trop captivé par le micro de la station pour voir le petit mot scotché sur l'un des dossiers empilés sur la table. Je l'ai glissé dans ma poche ni vu ni connu. Puis j'ai prétexté ne plus vouloir me mêler de leurs histoires. Mais maintenant je sais que :

MKCSOB 28

QKBO

XYOV

Avec le code « A VAUT K », ça donne :

Casier 28

Gare

Noël

Je tourne les molettes du verrou :

2... 5... 1... 2... Vingt-cinq décembre, la date de Noël !

Le casier s'entrouvre. Je ravale ma salive, prête à voir un diable sortir de sa boîte. Mais, à la place, il y a juste une clé USB.

Elle a la forme d'un père Noël ! Quelle blague... J'attrape mon tél :

— Allô tonton ? Oui, c'est Lilou !... Je crois que j'ai quelque chose qui peut t'intéresser... « Flocon », ça te parle ?

Qui sont-ils ?
Attention danger !
COURSE POURSUITE
Kidnapping ?
«sans faire de vagues»
Ce policier est très étrange...
Maire de Christmas City
MENACES...
Dossier
copie du dossier ?
?
FLOCON = Fabrication Lyophilisée Optimale Composite Organisme Neigeux
Père de Daya
Code CÉSAR >> clé de déchiffrage ?
Révélations !
Fausse neige = danger ?
Station météo géante secrète

CHRISTMAS CITY
spécialisé dans la défen
de l'environnement
Christmas City : piste à suivre
16 décembre
Vase retourné : code
Lettre des Smith : c'est un fake
Disque dur volé
DISPARUS
fourgon
mallette noire
colosses
Qui sont-ils ?
Que veulent-ils ?
Lien?
KLAUS

CHRISTMAS CITY
Maison de Lilou
MAIRIE
COMMISSARIAT
POLICE
PATINOIRE ET PALAIS D'HIVER
collège
MAISON de DORIAN
Immeuble de Daya
Immeuble de Dimitri
Maison de la grand-mère de Maxwell
USINE

Daya

J'ai la gorge sèche. Mes yeux me brûlent. Ce n'est pas à cause des produits nocifs qui ont été débarqués du camion... Non, c'est la peur !

— Tu veux un peu d'eau ?

C'est la voix de ma mère. Elle s'adresse à celle de Dimitri. Je les observe depuis ma cachette. Enfin, j'ai atteint mon but : je les ai trouvés, tous les quatre ! Maintenant, comment les prévenir que je suis là, et comment les libérer ?

La mère de Dimitri a un sourire de façade. Les prisonniers sont assis sur des matelas de fortune. On les a enfermés dans une sorte de cage, gardée par des hommes déguisés en père Noël. Et surtout, dans la cage, j'ai trouvé mon père ! J'ai été surprise qu'il soit de ce côté des barreaux, mais ça m'a soulagée : s'il a accepté d'aider ces bandits, c'est juste par peur de représailles envers sa famille, ça me paraît clair à présent...

Nos parents me semblent amaigris et épuisés. Leur prison est perdue dans le coin d'une usine, probablement située aux abords de la ville, vu que le trajet dans le camion n'a pas été bien long.

J'espère que l'autre idiot a reçu mon message... Enfin, je veux dire Dimitri.

J'ai essayé d'explorer les lieux autant que possible. Il a fallu ruser et avoir de la chance, beaucoup de chance ! D'abord, je suis parvenue à sortir de l'arrière du camion sans me faire attraper. J'ai profité d'une embrouille entre le chauffeur du camion et le gardien à l'entrée de l'usine et hop... j'ai filé comme un courant d'air !

Après ça, il m'a fallu progresser de cachette en cachette durant des heures. À chaque fois, j'étais morte de trouille qu'on me surprenne. L'usine fonctionne 24 heures sur 24, il y a du monde partout. Mais depuis que j'ai repéré nos familles, j'ai repris confiance. Le plus compliqué a été de ne pas me précipiter à leur rencontre pour les sortir de là... C'est beaucoup trop risqué pour l'instant. Les pères Noël montent la garde !

J'ignore depuis combien de temps je suis planquée dans cette benne de tracteur. J'avoue, je me suis un peu prise pour une ninja en carton sur ce coup ! J'ai escaladé les bras télescopiques en deux secondes. Faut croire que la frousse donne des ailes ! Cette position en hauteur m'offre une vue intéressante, mais, hélas, c'est pas ça niveau confort.

Heureusement pour moi, personne ne se sert de l'engin pour l'instant. Sinon, je crois bien que ce serait la cata...

En attendant, je continue de guetter le bon moment pour sortir les prisonniers de là. J'ai essayé d'attirer leur attention par des petits gestes discrets, mais sans succès. Les faux pères Noël patrouillent dans tout l'entrepôt. Il n'est pas rare que l'un d'eux fasse carrément le pied de grue devant la cellule.

Pourtant, depuis quelques instants, les choses semblent s'accélérer : deux pères Noël apportent de l'eau et de la nourriture aux prisonniers.

— Je ne vois pas à quoi ça sert, râle l'un des deux gaillards, ils ne sont plus d'aucune utilité !

— Tais-toi et fais ce qu'on te dit, lui ordonne l'autre sur le même ton, c'est le big boss qui décide ! Tant qu'on ne sait pas où est le dossier, on doit les garder. Et, de toute façon, l'épandage commence demain...

Mince, ça sent vraiment pas bon !

Tout à coup, le père de Dimitri élève la voix :

— Si vous faites le moindre mal à qui que ce soit, vous pouvez être sûrs que les copies du dossier seront diffusées aux médias ! menace-t-il.

— Cause toujours, l'écologiste d'opérette ! ricane le plus costaud des deux pères Noël. C'est du baratin !

— Puisque vous le dites, renchérit ma mère.

— En tout cas, je n'aimerais pas être celui à qui votre patron reprochera de ne pas avoir vérifié ! poursuit celle de Dimitri.

Ce petit numéro de provocation a le mérite de plonger les ravisseurs dans le doute.

— C'est bon, taisez-vous ! Sinon on vous fait passer dans l'un de ces engins pour vous pulvériser sur les pistes ! s'agace le second type en glissant le plateau de nourriture sous la porte.

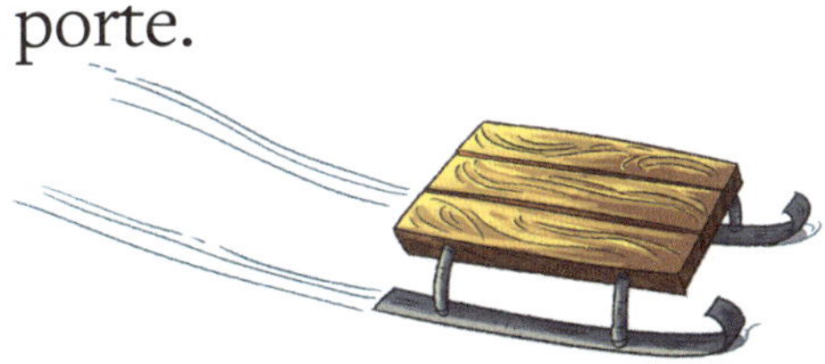

Les prisonniers obéissent. Ils ont peur. Quoi de plus normal ?

Les deux hommes attendent quelques secondes. Puis ils finissent par s'éloigner.

OK, si j'ai bien calculé le précédent roulement entre les tours de garde… j'ai dix minutes à peine avant que le plus costaud ne revienne !

J'ai suffisamment attendu les renforts. Dimitri et Dorian ne viendront pas. Je sors de mon perchoir et sautille sur le tracteur pour rejoindre le plancher des vaches. Ouch ! Je suis raide comme un piquet.

Ma mère retient un cri en m'apercevant.

— Chut ! je dis, ils risquent de revenir !

Les otages se précipitent discrètement contre la grille à ma rencontre. Ils sont plus inquiets pour moi que pour leur propre sécurité. Les questions fusent à voix basse :

— Qu'est-ce que tu fais ici ? Tu es folle ! s'insurge mon père.

— Dimitri va bien ? Il est avec toi ? demandent ses parents.

— Il faut que tu partes tout de suite, c'est trop dangereux ! continue de s'alarmer ma mère.

J'ai juste le temps de hocher la tête pour répondre à tous :

— Je suis venue vous sauver. Oui, Dimitri va bien. Non, il n'est pas avec moi...

— File tout de suite au commissariat central ! me dit alors le père de Dimitri. Demande à parler à l'inspecteur Maxwell... C'est la seule personne digne de confiance dans cette histoire !

— Non, c'est trop dangereux, le contredit mon père, regarde où on en est !

Je n'écoute plus. Je suis trop occupée à essayer d'ouvrir cette fichue grille. Le verrou résiste. Il me faudrait quelque chose pour faire levier...

Les prisonniers continuent de me sermonner mais je fouille des yeux la pièce, et, soudain, je repère un morceau de planche abandonné contre un mur. Ce sera parfait…

Mince ! La poignée d'une porte sur ma gauche vient de tourner dans un grincement. J'entends parler de l'autre côté.

Je saisis sur-le-champ le morceau de bois, prête à me défendre. Je le serre de toutes mes forces. Je crois que malgré tout ce que j'ai traversé ces derniers jours, je n'ai jamais eu si peur… Une silhouette se dessine…

Je frappe aussitôt : Bim !

L'intrus tombe, un genou à terre. Il grommelle et rentre sa tête dans son cou. Ce n'est pas un père Noël. Il est beaucoup plus jeune et lâche en se tenant l'épaule :

— Ça va pas la tête ! T'as failli me fracasser le crâne !

Je reste bouche bée.

— Di… Dimitri ?

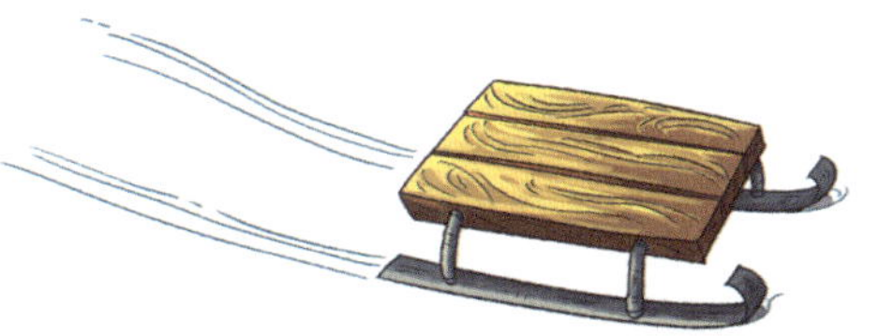

Qui sont-ils ?
Attention danger !
COURSE
POURSUITE
Kidnapping ?
Traître ou
du bon côté ?
Maire de Christmas City
MENACES...
Dossier
copie
du dossier ?
?
FLOCON = Fabrication
Lyophilisée Optimale
Composite Organisme Neigeux
Père de Daya
Épandage
produit toxique
Trahison !

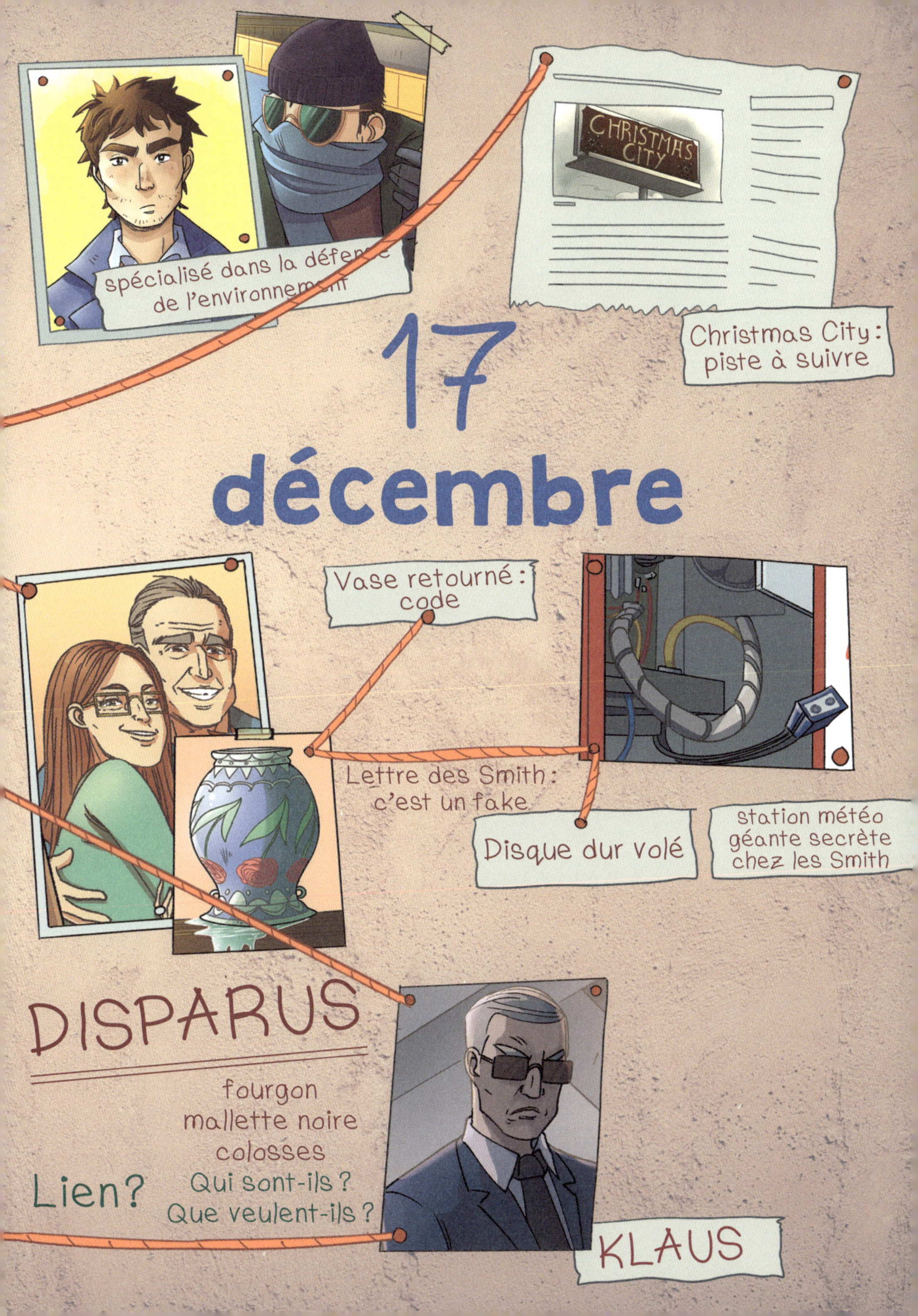
17 décembre
spécialisé dans la défen
de l'environnem
CHRISTMAS CITY
Christmas City : piste à suivre
Vase retourné : code
Lettre des Smith : c'est un fake
Disque dur volé
station météo géante secrète chez les Smith
DISPARUS
fourgon
mallette noire
colosses
Qui sont-ils ?
Que veulent-ils ?
Lien?
KLAUS

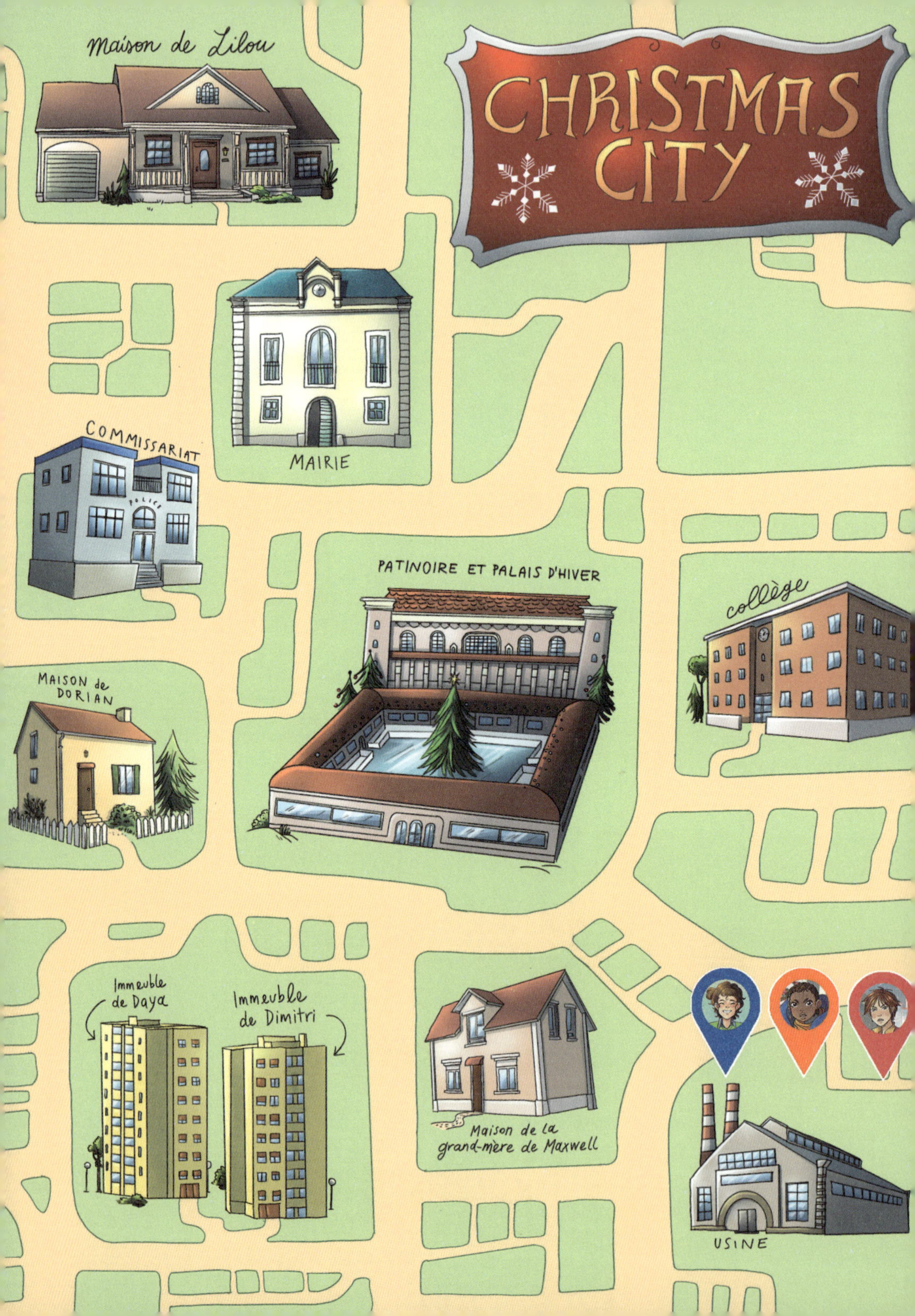
CHRISTMAS CITY
Maison de Lilou
MAIRIE
COMMISSARIAT
POLICE
PATINOIRE ET PALAIS D'HIVER
collège
MAISON de DORIAN
Immeuble de Daya
Immeuble de Dimitri
Maison de la grand-mère de Maxwell
USINE

Dimitri

Pfff ! C'est pas commode de trouver le sommeil dans une armoire... Surtout quand elle est pleine de produits d'entretien, de seaux, de balais et d'une fille ! L'espace est tout juste assez grand pour nous accueillir. Encore faut-il accepter de se serrer un peu. J'entends Dorian chuchoter :

— Arrêtez de bouger ! Vous me marchez sur les pieds !

— Oups ! Désolé ! murmure Maxwell.

— Chut ! glisse Daya.

La mission d'infiltration imaginée par Maxwell commençait très bien : on a retrouvé nos parents et Daya, en localisant son téléphone ! Malheureusement, je n'ai même pas eu le temps de parler à mes parents, les pères Noël ont choisi le moment de nos retrouvailles pour revenir dans la zone !

Maxwell, Dorian, Daya et moi nous sommes réfugiés en panique dans un vestiaire réservé aux employés de l'usine. Après ça, on s'est cachés dans les deux armoires de la pièce qui n'avaient pas de cadenas. Restait à prier pour que personne n'ait l'idée de les ouvrir.

Après s'être raconté nos aventures respectives, on a réussi à trouver le sommeil tant bien que mal. Daya nous a dit qu'il y avait un changement de gardes à minuit et que les prisonniers seraient brièvement seuls : il faudra qu'on en profite pour les rejoindre. J'ai hâte qu'on puisse retrouver nos parents.

Minuit sonne. La voie est libre. Daya me fait un signe de tête. C'est bizarre, depuis qu'on s'est retrouvés, j'ai l'impression qu'elle râle moins.

On sort enfin de nos cachettes de fortune.

— Restez sur vos gardes, il y a aussi des équipes de nuit ! nous prévient Daya.

Elle connaît l'endroit mieux que nous, et elle a bien observé les habitudes des gardes, alors on lui obéit à la lettre.

— Pssstt ! Comment vous me trouvez ? nous interpelle Maxwell.

Je tourne la tête : il a enfilé un bleu de travail trop grand pour lui. De toute évidence, il compte se faire passer pour un ouvrier.

Pas bête, je songe en voyant qu'il saisit aussi un masque de protection qui cache une partie de son visage.

— Parés pour l'infiltration ? s'enthousiasme Dorian, qui se croit toujours dans un épisode de série.

Maxwell lève le pouce.

— C'est parti ! Mais n'oubliez pas : vous ne devez prendre aucun risque. Si d'aventure les choses tournent mal, je compte sur vous pour disparaître et retourner chez ma grand-mère !

— Pas la peine, on sera super discrets ! promet Dorian.

On se faufile dans le sillage de Maxwell. Il nous sert d'éclaireur. Sa ruse fonctionne parfaitement. Il croise même un « collègue » qui le salue d'un signe de tête comme si de rien n'était.

Daya nous entraîne nous cacher derrière un tracteur. Déguisé, Maxwell est le premier à atteindre la grille. Il nous fait signe qu'il n'y a pas de garde. On peut donc y aller...

— Attends ! me chuchote Daya en me retenant dans mon élan.

— Dis donc, toi ! exulte soudain une grosse voix en surgissant d'une issue à proximité.

Qu'est-ce que tu fiches ici ? Pourquoi tu n'es pas sur la chaîne de fabrication avec les autres ?

Maxwell reste tête baissée. Il hésite à répondre et commence à gesticuler. De notre cachette, on aperçoit deux pères Noël qui ont clairement l'air méfiants...

— Mince, comment il va s'en sortir ? je murmure.

— T'inquiète, il m'a dit qu'il avait plusieurs cordes à son arc, assure Dorian, les sourcils froncés.

D'un seul coup, Maxwell se baisse et effectue un balayage impeccable qui envoie le premier père Noël au tapis !

Ah oui, ce genre de cordes à son arc ! Ouch !

C'est l'occasion qu'on attendait. On fonce pour profiter de la diversion, mais Maxwell nous retient d'un geste.

Il fixe le second père Noël.

— Le Gon-sha est une école de kung-fu qui reproduit les postures et mouvements des animaux, nous explique-t-il d'une voix calme, comme si on était dans un cours de méditation. Posture du héron ! ajoute-t-il en se mettant sur une jambe.

— Et tu comptes faire quoi, le freluquet ? menace son adversaire, prêt à en découdre.

Il avance. Mais mal lui en prend. En deux temps trois mouvements, Maxwell change d'appui et projette un coup de pied qui envoie valser le père Noël contre un mur, où il finit groggy. Vlan !

— Au suivant ! défie Maxwell en faisant un petit signe de la main au premier Père Noël, qui vient de se relever.

Cette fois, son adversaire est plus méfiant. Il avance prudemment vers sa cible. Mais Maxwell change d'animal : le voilà qui roule sur le sol pour faire une première pirouette, puis une deuxième !

— Il est tombé sur la tête ? s'exclame Daya.

— Non, c'est la technique du singe, reconnaît Dorian, j'ai vu ça…

— Dans un film, je parie ! je termine.

Le père Noël ne sait plus quoi faire. Il continue d'hésiter, trop longtemps car Maxwell exécute une nouvelle roulade dans sa direction et se relève d'un bond. Bing ! Sa tête frappe le menton du gardien. L'homme tombe littéralement dans les pommes !

— Ben ça alors, on lâche tous les trois, c'était complètement dingo !

Maxwell en profite pour fouiller les poches de ses adversaires.

— C'est bon, j'ai les clés ! s'exclame-t-il en brandissant un trousseau, synonyme de liberté pour les prisonniers.

L'instant suivant, je serre mes parents dans mes bras. Je n'y crois pas ! On a réussi ! On a vraiment réussi ! J'échange un regard avec Daya et je vois qu'elle vit la même chose que moi... un soulagement intense. Ce poids énorme qui s'envole d'un coup. C'est juste indescriptible !

Dorian et Maxwell n'échappent pas aux étreintes. Mais nous ne sommes pas encore totalement sortis d'affaire. Notre héros nous le rappelle :

— Il faut filer d'ici ! lance Maxwell. On va vous conduire en lieu sûr, ajoute-t-il.

— Attendez une minute ! l'interrompt une voix venue de la porte d'où sont apparus les geôliers.

Cet homme, je le connais ! C'est le policier qui était venu chez moi le jour où j'ai constaté la disparition de mes parents. ! Celui que j'ai revu au commissariat. Le même qui m'a demandé de ne pas « faire de vagues ».

Je n'y crois pas, il était à la solde du maire de Christmas City... Je serre les poings, avant d'entendre Maxwell déclarer :

— Chef? Mais qu'est-ce que vous faites là ?!

Qui sont-ils ?
Attention danger !
COURSE POURSUITE
Kidnapping ?
~~Traître~~ ou du bon côté ?
Maire de Christmas City
MENACES...
Dossier
copie du dossier ?
?
FLOCON = Fabrication Lyophilisée Optimale Composite Organisme Neigeux
Père de Daya
COUPABLE !!

18 décembre

spécialisé dans la défe
de l'environnem
CHRISTMAS CITY
Christmas City : piste à suivre
Vase retourné : code
Lettre des Smith : c'est un fake
Disque dur volé
station météo géante secrète chez les Smith
DISPARUS
fourgon
mallette noire
colosses
Qui sont-ils ?
Que veulent-ils ?
Lien?
KLAUS

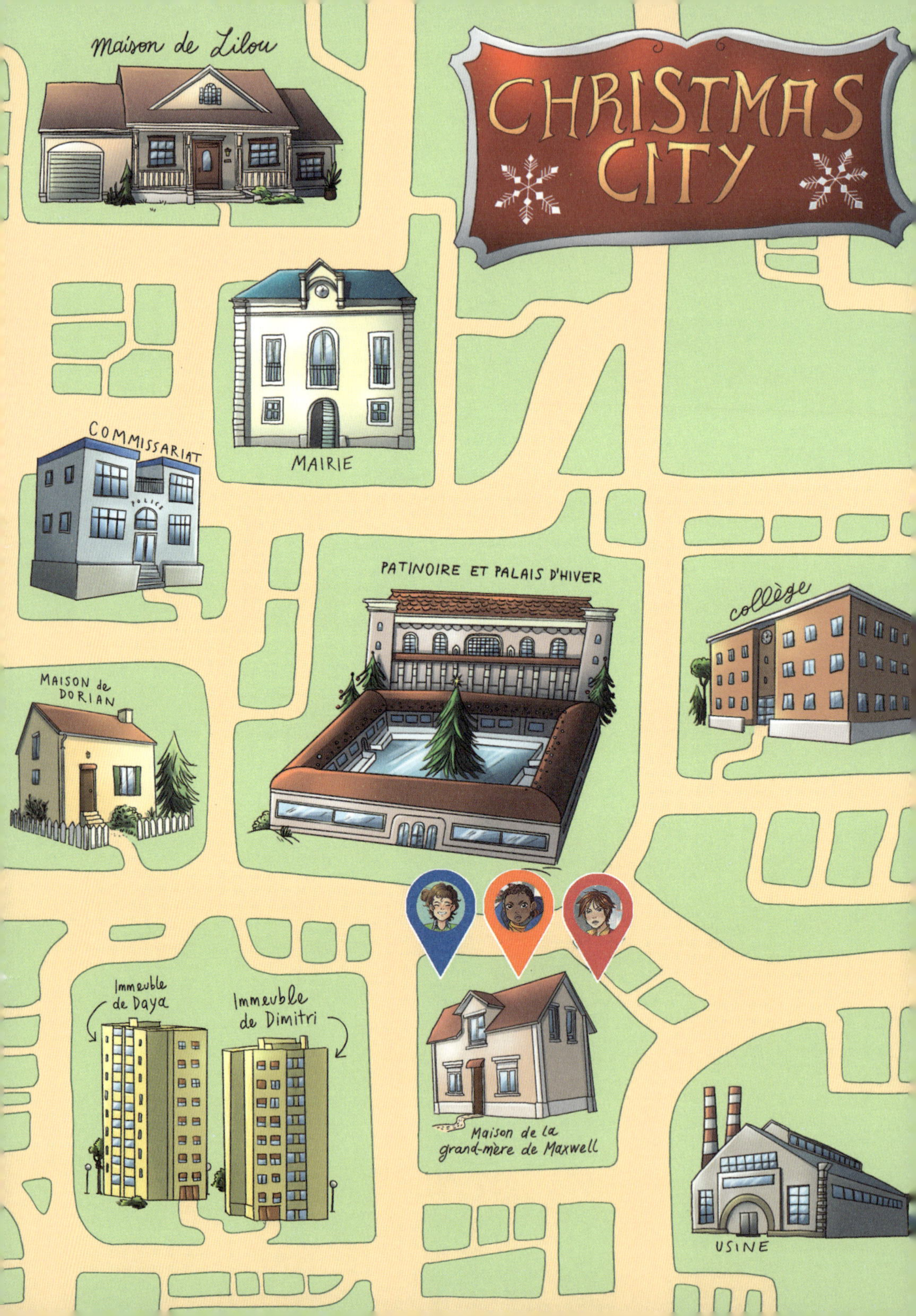
CHRISTMAS CITY
Maison de Lilou
MAIRIE
COMMISSARIAT
POLICE
PATINOIRE ET PALAIS D'HIVER
collège
MAISON de DORIAN
Immeuble de Daya
Immeuble de Dimitri
Maison de la grand-mère de Maxwell
USINE

Daya

Le salon de la grand-mère de Maxwell est bondé. Elle va çà et là en tendant des tasses de chocolat chaud.

— Voilà bien longtemps que cette maison n'a pas été aussi animée ! se réjouit notre hôtesse.

Tout le monde est hébergé chez la vieille dame. L'inspecteur en chef Edmond, le patron de notre enquêteur champion de kung-fu, trouve ça plus sûr pour le moment. Le maire n'a sans doute pas dit son dernier mot…

Je suis assise sur un canap un peu trop mou. Et je dois avouer que je suis heureuse d'être encadrée par Dorian et Dimitri, même si je ne le leur dirai jamais... J'ai encore du mal à réaliser qu'on a réussi notre coup. C'était comme un film ! On a bien cru que tout était raté en voyant l'inspecteur Edmond débarquer, mais en fait il était de notre côté !

Le chef de Maxwell arrive sur ces entrefaites.

— Vous n'avez pas été suivi ? demande Maxwell.

— Tu veux m'apprendre mon métier peut-être ? grogne-t-il en guise de réponse.

Maxwell rougit pendant que son chef poursuit, à l'intention de la vieille dame :

— Merci de nous accueillir, j'espère que nous ne vous causons pas trop d'embarras ? Malheureusement, le poisson que nous essayons d'attraper est aussi gros qu'une baleine !

— Heu... la baleine est un mammifère, pas un poisson ! corrige Maxwell avant de se refaire tout petit après un nouveau regard noir de son chef.

— Bon, qu'est-ce qu'on fait ? les coupe alors ma mère. Hors de question de laisser ce maire de bas étage tirer profit des fêtes de Noël avec sa Christmas City !

Le chef Edmond hoche la tête :

— On sait que le maire est le propriétaire des usines qui fabriquent cette neige artificielle... mais, maintenant, il faut réussir à l'arrêter.

— On ne peut pas vraiment appeler ça de la « neige », rectifie le père de Dimitri, c'est un produit extrêmement toxique !

— Il ne faut surtout pas qu'ils répandent ça dans la ville ! confirme Maxwell.

— Malheureusement, plus facile à dire qu'à faire, soupire le chef Edmond. Je n'ai jamais vu ça de toute ma carrière... je suis retourné sur place et...

— Et ? répétons-nous tous les trois.

— L'entrepôt était totalement vide ! termine Edmond dans un souffle. Les pères Noël et toutes les preuves avaient disparu !

— Hein ?! Mais comment ils ont pu faire ça en si peu de temps ? se révolte Dimitri.

— C'est regrettable, mais notre ennemi a beaucoup de moyens à sa disposition et il n'hésite pas à s'en servir, répond le chef avant de se tourner vers nos parents. En plus, la copie du dossier Flocon que vous aviez cachée à la gare avait également disparu...

Aïe ! Une mauvaise nouvelle de plus. Les parents de Dimitri comptaient sur nous en cas de problème. Quand je pense que tous les trois, on avait tous les indices et qu'on était si proches de déchiffrer ce fichu code ! C'est rageant !

— Je suis sûre que c'est Lilou qui a récupéré le dossier en voyant les indices chez Dimitri, je grince. La peste ! Avec un peu de chance, elle a même été la donner à son oncle...

— Heureusement, il nous reste une seconde copie ! intervient le père de Dimitri.

Il se tourne vers Dorian pour lui révéler d'un air embarrassé :

— Elle est cachée... chez toi.

— Quoi ? Où ça ? s'exclame-t-il.

— Heu... dans le nounours de ta sœur...

— Hein ?! Dans le nounours bleu que vous lui avez offert le mois dernier ?

Le père de Dimitri hoche la tête.

— On ne voulait pas les mêler à ça, donc on n'a rien dit à tes parents... mais on avait besoin d'une copie intraçable.

— Il faut prévenir les médias, insistent mes parents.

— On n'a plus de preuves, sans le dossier ! Et qui vous dit qu'il n'a pas tous les médias locaux sous sa coupe ? objecte le père de Dimitri.

Le chef Edmond approuve :

— Croyez-moi, c’est un vrai panier de crabes !

Dimitri me donne un coup de coude. Avant que je proteste, il me montre Dorian d’un signe de tête. C’est vrai qu’il n’a pas l’air dans son assiette. Je me lève et je m’éclipse discrètement ; les garçons me suivent aussitôt.

— Qu’est-ce qui t’arrive ? j’interroge Dorian une fois que nous sommes à l’écart.

— Bah, je suis sûr que ma mère ne m’a pas cru, hier soir au téléphone, nous confie-t-il, même quand le chef Edmond l’a appelée pour la rassurer et lui expliquer que ce que je racontais était vrai. Je crois que je suis bon pour cinq ans de punitions minimum… Et je ne vous parle pas de Noël ! Surtout si elle apprend que les parents de Dimitri ont caché une clé USB avec des informations ultra-dangereuses dans un nounours offert à Chloé ! soupire-t-il. J’ai envie de laisser tomber…

— Oui, mais si on laisse le maire faire ses petites magouilles, personne n'aura de Noël! je corrige. T'as entendu comme moi tout à l'heure, le maire prévoit encore pire... Il veut espionner tout le monde avec ses goodies. Tous les cadeaux Christmas City vont être plombés par des puces espionnes. Ce seront de véritables micros espions, et ils vont pouvoir vendre ces données à n'importe qui!

Les garçons hochent la tête. Ils me font penser à des figurines pop.

— Dans ce cas, allons chercher tout de suite la seconde clé USB pour avoir des preuves contre ce fou furieux, propose Dimitri.

— Heu... vous voulez qu'on aille piquer le nounours de ma petite sœur? s'étonne Dorian.

— À nous de sauver Noël!

On décide de mettre Maxwell dans la confidence : il faut bien que quelqu'un nous couvre auprès des adultes.

— Vous êtes sûrs de pouvoir faire ça sans être repérés ? nous demande-t-il.

— C'est chez moi, quand même ! assure Dorian.

Alors, après avoir attendu la tombée de la nuit, nous filons. Maxwell est notre chauffeur. Il s'arrête au coin de la rue où habite Dorian.

— C'est parti pour la mission commando.

— Prêts ? nous demande Dorian.

— Prêts ! on répond à l'unisson.

Dorian a la chance d'habiter une petite maison, coincée entre deux maisons identiques dans un lotissement.

Nous avançons en file indienne. Dorian atteint la porte et tourne la clé dans la serrure. Nous attendons quelques instants : pas un bruit.

— Ma petite sœur laisse toujours ses jouets traîner dans le salon, nous souffle Dorian, le nounours y est peut-être.

Nous éclairons la pièce. J'aperçois deux poupées oubliées sur le canapé, mais pas de trace de nounours bleu pour l'instant... Soudain Dimitri trébuche sur des jouets.

— Rendez-vous, vous êtes cernés !

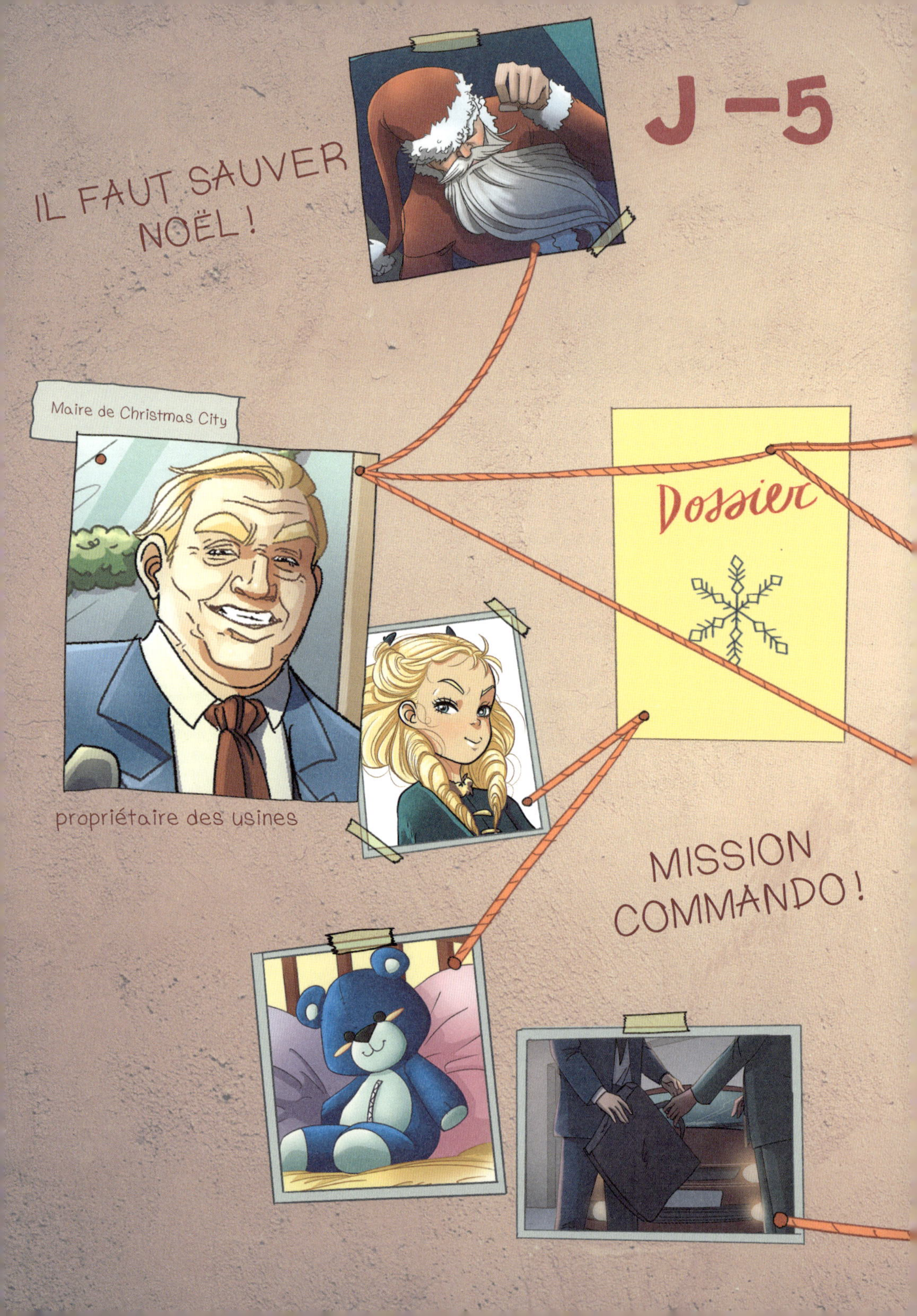
J –5
IL FAUT SAUVER NOËL !
Maire de Christmas City
Dossier
propriétaire des usines
MISSION COMMANDO !

Maxwell
Edmond
CHRISTMAS CITY
Christmas City : piste à suivre
19
décembre
Vase retourné : code
Lettre des Smith : c'est un fake
Disque dur volé
DISPARUS

CHRISTMAS CITY
Maison de Lilou
MAIRIE
COMMISSARIAT
POLICE
PATINOIRE ET PALAIS D'HIVER
collège
MAISON de DORIAN
Immeuble de Daya
Immeuble de Dimitri
Maison de la grand-mère de Maxwell
USINE

Dorian

— Alors, vous avez récupéré la clé USB ?

Au petit matin, le lendemain, on fait face à un Maxwell surexcité ; j'ai un peu honte de décevoir mon coéquipier enquêteur... (ou presque).

— Disons que... oui, mais non.

Dimitri grogne :

— Déjà, je me suis fait mal au pied en marchant sur une voiture de police en plastique et on a failli réveiller les parents de Dorian.

— Et ensuite, soupire Daya, on a retrouvé le nounours... dans la machine à laver ! La clé USB était dedans, mais elle était fichue...

— Il va donc nous falloir trouver d'autres preuves, j'enchaîne. L'équipe des 3D (je viens de trouver ce nom, j'adore) n'a pas dit son dernier mot ! Il faut qu'on retourne à l'usine pour voir si le chef Edmond n'a pas raté un truc.

— Ça ne sert à rien, me répond Maxwell, le chef a déjà tout passé au peigne fin...

Finalement, on arrive à le convaincre, mais en s'engageant à ne pas prendre de risques ! On va essayer de tenir cette promesse...

La nuit est tombée, et nous sommes sur un talus surplombant l'usine. Maxwell voulait vérifier que nous ne courions aucun risque avant qu'on s'y aventure... Et bien nous en a pris, puisqu'il ne faut que quelques minutes pour qu'un véhicule déboule à l'arrière de l'usine !

Nous nous cachons précipitamment. La camionnette freine brusquement et la portière s'ouvre. Je reconnais aussitôt la fausse barbe.

— C'est Klaus... Celui-là, il est complètement frappé, je marmonne.

L'homme entre dans l'usine et Maxwell commence aussitôt à dévaler la pente.

— Je compte sur vous pour appeler des renforts, me dit Maxwell ne bougez pas d'ici avant leur arrivée, c'est compris ?!

Et on lui obéit. Enfin, au début... Daya me prend le téléphone des mains et appelle le chef Edmond qui, après s'être emporté contre notre BIIIIIIIIIIIP de totale insouciance du danger, nous ordonne la même chose que Maxwell :

— Ne bougez pas, on arrive tout de suite !

— OK, mais, et si ça tourne mal ?

Trop tard, il a raccroché.

— Regardez, je chuchote à mes amis.

Klaus est déjà de retour. Il tient une mallette noire et s'apprête à rembarquer dans son 4 x 4.

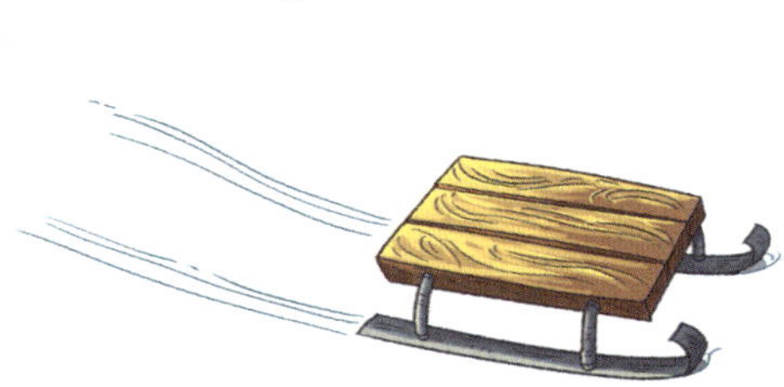

— C'est sûrement la mallette dont mon père a parlé au chef Edmond, marmonne Daya.

— Celle avec les analyses complémentaires sur la neige ? Les preuves contre le maire ?

— Y a des chances...

— Ça voudrait dire qu'il l'avait planquée quelque part dans l'usine, je fais remarquer. Qu'est-ce que fiche Maxwell ? je commence à m'inquiéter.

Soit ils se sont manqués, soit Maxwell s'est fait avoir par Klaus... Et j'imagine déjà le pire.

Apparemment, ma première hypothèse est la bonne. Au moment de repartir, la lumière de la torche de Maxwell éclaire le hangar. Et Klaus la voit... Il ressort aussi sec de sa voiture. Il se dirige à pas rapides vers son coffre et en sort une barre de fer...

— Il va le prendre par surprise ! je m'affole.

On n'a plus vraiment le choix. Il faut qu'on prévienne Maxwell avant que Klaus ne l'attaque. On descend de notre cachette ventre à terre et on pénètre dans l'enceinte prudemment.

J'aperçois une ombre se dessiner sur une cuve en inox. J'adresse un signe de tête aux autres pour m'assurer qu'ils l'ont vue eux aussi. Heureusement, c'est Maxwell qui apparaît.

— Qu'est-ce que vous faites ici?! s'énerve-t-il en voyant qu'on lui a désobéi.

— Chut! s'alarme Daya la première.

Mais c'est trop tard : Klaus surgit dans le dos de Maxwell!

— Attention! je hurle.

Ouf! Le coup n'est pas passé loin. Maxwell est parvenu à l'esquiver de justesse, mais il s'est éloigné de nous et Klaus en profite : il fonce sur nous et attrape dans un même mouvement mon poignet et celui de Dimitri.

— Lâchez-nous! Les renforts arrivent! j'annonce pour lui faire peur.

Mon ancien ravisseur ne répond pas. En quelques secondes, il a sorti des menottes de sa poche et nous a attachés tous les trois à une traverse de métal qui longe un mur. Maxwell, à l'autre bout de la pièce, n'a pas eu le temps d'agir.

— Libérez-nous tout de suite ! gronde Daya en se débattant comme une tigresse.

Face à nous, l'affrontement paraît inévitable.

— Ne vous inquiétez pas, les enfants, nous lance Maxwell pour provoquer son adversaire, je vais vous libérer rapidement !

Notre ennemi affiche un sourire carnassier. Il lâche sa barre en métal, qui tombe à ses pieds dans un bruit assourdissant. À cet instant précis, j'ai comme un doute. Je ne suis pas sûr que les techniques de kung-fu de Maxwell nous sauvent cette fois-ci...

Klaus retire sa veste. Il la plie soigneusement en quatre avant de la poser derrière lui le long d'un mur. Puis il ôte ses lunettes, qu'il dépose par-dessus. Il termine en remontant les manches de sa chemise pour faire apparaître le tatouage d'un énorme serpent sur chaque bras. Pas très seyant pour un père Noël, si vous voulez mon avis, même s'il garde sa fausse barbe !

— J'ai entendu parler de toi, le champion de kung-fu… Ça tombe bien, je suis moi aussi expert en combat. Ça sera réglé en une minute ! prévient-il avant de faire craquer ses phalanges.

Mince, un adversaire plus coriace pour Maxwell ! Seul face à lui, il n'a pas le choix. Il faut gagner du temps jusqu'à l'arrivée du chef Edmond. Il commence par se replier sur lui-même avant d'effectuer de petits bonds.

— Technique du chien de prairie… Un animal redoutable face aux serpents !

Mais Klaus se fend en avant : il le saisit par le col et le plaque contre le mur.

Serpent : 1 / Chien de prairie : 0.

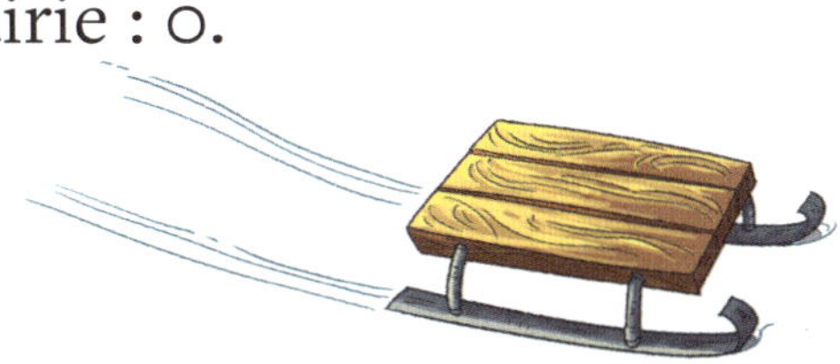

Maxwell parvient à se dégager, en abandonnant au passage son col de chemise. Il abat sa main d'un coup sec sur le dos de son adversaire. Clac! Mais cette manchette parvient à peine à déséquilibrer Klaus.

— C'est tout ce que tu sais faire? grogne ce dernier.

Il faut qu'on aide notre allié. J'ai un épisode de l'inspecteur Marlowe en tête... Quelqu'un

l'avait menotté à un bureau et il avait réussi à s'en défaire avec un trombone. Je cherche quelque chose dans mes poches qui pourrait m'aider. J'ai encore les clés de chez moi que j'ai utilisées hier... J'examine l'anneau de mon porte-clés. Peut-être que je pourrais y arriver en tordant l'extrémité?

— Qu'est-ce que tu fiches? me chuchote Daya alors que je gigote.

— Attends... je vais...

Je tords la pointe de la tige d'acier contre le sol et commence à triturer la serrure à mon poignet. Je ne sais pas vraiment comment je m'y prends, mais... Clic! Je suis libre!

Hélas, lorsque je tourne la tête, je constate que Maxwell est en mauvaise posture. L'inévitable se produit : notre enquêteur se retrouve coincé entre une machine et un mur.

— Game over! annonce Klaus en le saisissant à la gorge. Et puisque tu n'as pas été très sage... pas de Noël pour toi cette année!

J –4
IL FAUT SAUVER NOËL !
Maire de Christmas City
propriétaire des usines
Dossier
?
MISSION COMMANDO !
PREUVES

Maxwell
Edmond
CHRISTMAS CITY
Christmas City :
piste à suivre
20
décembre
Vase retourné :
code
Disque dur volé
DISPARUS

CHRISTMAS CITY
Maison de Lilou
usine
MAIRIE
COMMISSARIAT
POLICE
PATINOIRE ET PALAIS D'HIVER
collège
MAISON de DORIAN
Immeuble de Daya
Immeuble de Dimitri
Maison de la grand-mère de Maxwell
USINE

Dimitri

Savoir Klaus arrêté est un soulagement. Mais il s'en est fallu de peu !

Je ne sais pas trop comment, mais Dorian est parvenu à se libérer. Il a attrapé un coup de sang quand il a vu Klaus se saisir de Maxwell. Il a ramassé la barre de fer... et puis les renforts sont arrivés ! Il n'a pas eu le temps de jouer aux héros. À y réfléchir, c'est mieux comme ça. Le chef Edmond s'est écrié :

— Passez-lui les menottes !

— J'ai toujours rêvé de dire ça, m'a confié Dorian en nous libérant des nôtres.

Les policiers sont passés à l'action.

Ensuite Maxwell s'est pris un savon, comme prévu. Et nous aussi par la même occasion !

Nos parents ne nous ont pas loupés après notre escapade. C'est bien la seule fois où Dorian ne s'est pas plaint de ne pas voir les siens…

Mais aujourd'hui, le chef Edmond a besoin de nous.

Klaus n'accepte de parler qu'à nous trois. Nous sommes donc conduits sous escorte au commissariat.

— Je compte sur vous pour lui tirer les vers du nez ! nous dit Maxwell. Il faut qu'on sache où les tonneaux de neige artificielle sont cachés !

— Mission acceptée ! s'écrie Dorian, qui recommence aussitôt à nous reparler séries policières.

Daya, elle, est plus dubitative. Nous ne savons toujours pas où sont passés les faux pères Noël, et nous avons vraiment besoin de preuves pour confondre le maire. À quatre jours de Noël, le temps presse...

On nous fait passer par une entrée de service. Je commence à stresser, et même Dorian se tait. C'est dire !

On nous conduit dans une pièce avec une vitre sans tain. Klaus est de l'autre côté, il ne peut pas nous voir. Il est assis derrière une petite table, menottes aux poignets.

— Vous êtes prêts ? nous demande Maxwell.

Personne ne répond, mais il doit bien voir à nos têtes que nous sommes déterminés. Il allume alors une lampe qui révèle notre présence. Klaus lève les yeux vers nous, et nous salue :

— Alors, tout ça, finalement... c'est à cause de vous !

On nous montre un micro. Daya est la première à s'en servir.

— Qu'est-ce que vous voulez dire ? C'est vous qui avez fait tout ça !

— Peut-être bien, répond Klaus. Mais si vous n'aviez pas joué les fouineurs, on n'en serait pas là... Cette ville serait déjà connue partout comme la capitale de Noël ! Et moi, j'aurais pu devenir le père Noël le plus célèbre du monde !

— Tu parles d'un père Noël ! je dis à mon tour devant sa fausse barbe à moitié déchirée.

J'ai touché un point sensible. Klaus devient cramoisi.

Il reprend :

— Peuh ! Si j'ai demandé à vous voir, c'est juste pour vous dire de profiter de votre victoire tant que vous le pouvez, marmonne-t-il avant d'ajouter entre ses dents : la partie n'est pas terminée... je vous ai réservé une petite surprise !

D'habitude, j'aime bien les surprises. Mais venant d'un type qui rêve d'être le père Noël, j'ai comme un doute...

— Qu'est-ce que vous croyez? fanfaronne Klaus. Nous n'avons pas qu'une usine...

Mais alors qu'il s'apprête à en dire plus, on frappe à la porte. Le chef Edmond est obligé d'interrompre nos discussions.

Un bataillon d'avocats vient d'arriver.

— Ils sont sûrement envoyés par le maire pour protéger Klaus, me chuchote Daya.

— En attendant, on ne sait pas où se trouve cette prétendue seconde usine et l'heure tourne..., je réponds.

Mais ce n'est pas la seule mauvaise surprise qui nous attend aujourd'hui...

Dorian

Malgré la présence de ses avocats, Maxwell (il est vraiment doué !) arrive à arracher de Klaus une adresse... C'est là que seraient stockés les tonneaux du projet Flocon ainsi que les puces destinées à être utilisées dans les goodies offerts aux habitants de Christmas City !

D'après les parents de Daya, il faut soixante-douze heures pour préparer la neige artificielle.

— Et il y a fort à parier que notre petite intervention dans la précédente usine ait gêné la fabrication, renchérit son père.

Il faut l'espérer. En tout cas, tout le monde est dans les starting-blocks.

Les parents de Daya et de Dimitri, qui connaissent le processus de fabrication, sont de la partie pour pouvoir arrêter les machines.

Et nous trois, on aura aussi le droit de venir : c'est quand même grâce à nous si Klaus a fini par nous dire où se trouvait la seconde usine...

Ce que, personnellement, je continue de trouver bizarre ! D'autant plus que ses avocats lui avaient ordonné de se taire... Qu'est-ce que ça cache encore ?

Le soir même, nous nous préparons à l'assaut de l'usine avec les forces de l'ordre. Je suis surexcité : quelle chance on a ! Enfin, une grande responsabilité plutôt : la ville court un vrai danger si on ne réussit pas à arrêter l'épandage.

Au moment où on s'apprête à se mettre en route, Dimitri reçoit un appel... de Lilou ! On sort du commissariat et il met son téléphone sur haut-parleur :

— Qu'est-ce qu'elle veut, la traîtresse ? s'agace Daya.

— Lilou, est-ce que c'est vraiment toi qui as le dossier Flocon ? je demande. Tu ne sais pas dans quoi tu as mis les pieds, rends-le-nous !

— Chut ! Laisse-la parler, intervient Dimitri.

— Dimitri ? C'est toi ?

Enfin on entend le son de sa voix... paniquée.

— Je crois que j'ai fait un truc... j'aurais pas dû... S'il vous plaît, sortez-moi de là !

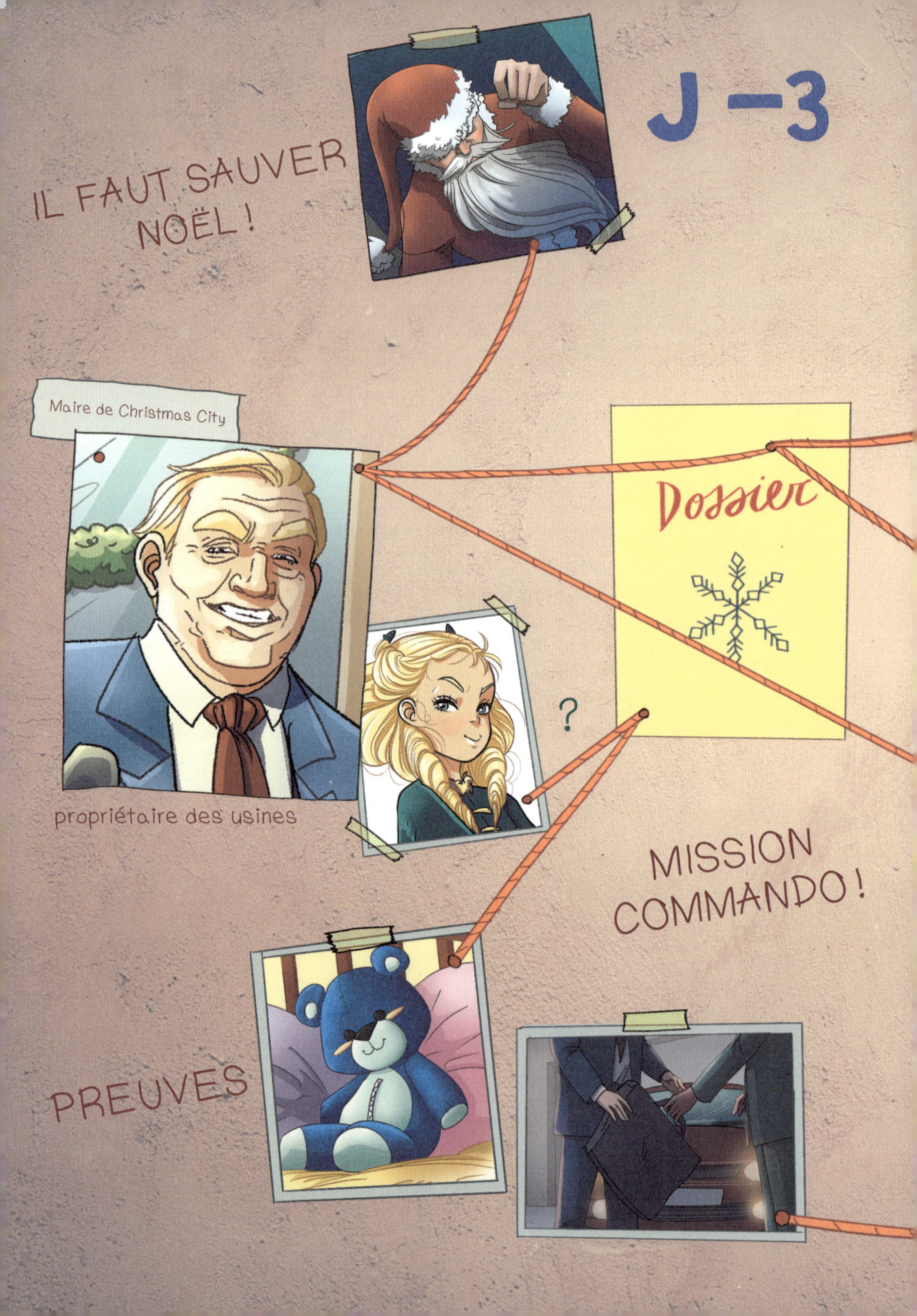

J -3
IL FAUT SAUVER NOËL !
Maire de Christmas City
propriétaire des usines
Dossier
?
MISSION COMMANDO !
PREUVES

Maxwell
Edmond
CHRISTMAS CITY
Christmas City : piste à suivre
21 décembre
Vase retourné : code
Disque dur volé
DISPARUS

CHRISTMAS CITY
Maison de Lilou
MAIRIE
usine
COMMISSARIAT
POLICE
PATINOIRE ET PALAIS D'HIVER
collège
MAISON de DORIAN
Immeuble de Daya
Immeuble de Dimitri
Maison de la grand-mère de Maxwell
USINE

Daya

— La voie est libre ! annonce Maxwell avant de s'engouffrer par l'ouverture.

Le rideau de fer des quais de livraison de l'usine n'est pas totalement baissé. On l'imite tous en passant en dessous.

— Pfff ! Ces exercices ne sont plus de mon âge, râle le chef Edmond.

Notre conversation avec Lilou s'est terminée en queue de poisson : la communication a été coupée d'un coup. « De toute façon, elle raconte n'importe quoi », j'ai conclu. On n'a pas eu le temps d'en discuter tous les trois : il fallait partir à l'usine !

Nous avançons dans les couloirs avec nos parents et la police. L'intervention est silencieuse et discrète... Mais au détour d'un virage, on croise deux ouvriers !

Ils lèvent aussitôt les bras au ciel, comme s'ils étaient prêts à se rendre... puis ils s'enfuient en courant ! Quelques secondes plus tard, une sirène retentit.

— Revenez ici tout de suite ! hurle le chef Edmond, qui s'élance à leur poursuite.

Hélas, il y a beaucoup plus préoccupant que ces deux énergumènes. Nos parents sont près des machines, ils essaient de les arrêter.

— Ces machines sont en surrégime ! s'écrie mon père.

Quoi ? La mère de Dimitri ajoute en panique :

— Vite, il faut tout arrêter ! Sinon les machines risquent d'exploser et le F.L.O.C.O.N. se répandra dans toute la ville !

Nos visages se décomposent. Satané Klaus ! Il nous a envoyés tout droit dans un piège...

— Aidez-nous, les enfants, crie mon père. À mon signal, basculez les variateurs de cette machine !

— On aimerait bien, mais c'est quoi un variateur ? hurle Maxwell.

Nous sommes plantés devant le panneau de contrôle de l'une des machines. Dimitri est sur une autre, et Dorian sur une troisième. Des boutons rouges clignotent de partout. Comment on va faire pour tout arrêter ? J'essaie de réfléchir et repense aux appareils que mes parents utilisent au travail…

— Les molettes à droite, je montre, je crois qu'il faut les tourner…

— C'est ça ! confirme ma mère. Maintenant, il faut qu'on appuie sur les boutons tous ensemble au même moment.

— C'est-à-dire ? demande Maxwell.

— ROUGE ! s'écrie ma mère en guise de réponse. À trois, 1, 2, 3 !

Nous nous exécutons et appuyons tous sur le bouton rouge sous nos yeux. Une sonnerie résonne. Est-ce qu'on a réussi ?

Mais ce n'est pas terminé :

— VERT ! hurle ma mère. 1, 2, 3 !

Je panique un court instant. Où est le bouton vert ? Ah, ici !

La même sonnerie résonne pour nous annoncer l'étape suivante :

— JAUNE ! 1, 2...

— J'ai pas de jaune, panique Dorian, j'ai pas de jaune !

— ... 3 !

Son retard nous coûte cher : une sonnerie désagréable nous indique qu'il faut tout recommencer.

— Allez, on va y arriver ! nous encourage ma mère, aussitôt prête à reprendre la séquence : ROUGE !

Et enfin, alors que nous arrivons au bout d'une interminable séquence, une sonnerie retentit et le brouhaha des machines s'arrête ! Victoire !

— Hourra ! hurle Dorian.

Dimitri et moi nous jetons dans les bras l'un de l'autre. On a réussi ! Puis je me rends compte de ce qu'on est en train de faire et je m'écarte, gênée. Mais pas le temps de reprendre nos esprits.

— Vite, il faut neutraliser le processus maintenant, que personne ne puisse le relancer ! crie ma mère.

Elle se précipite vers un énorme canon à neige.

Elle soulève le capot moteur avec la mère de Dimitri et s'occupe de l'enrayer. Je relève la tête. Tout le monde s'active à droite et à gauche. Personne ne panique. On désamorce les machines une à une. Ne reste plus qu'un maillon de la chaîne de fabrication, une machine en particulier…

— Celle-ci refuse de s'arrêter, transpire mon père, penché sur les commandes.

— Je ne sais pas si on va y arriver, lâche celui de Dimitri. Vous feriez sans doute mieux de sortir d'ici rapidement, ajoute-t-il, il faut évacuer la zone !

Mais comme le commandant d'un bateau, personne n'envisage de quitter le navire pour l'instant. Chacun cherche une solution à son niveau. Ce qui pour nous, les ados, correspond au palier zéro. On ne sait plus quoi faire.

— Attendez, dans un épisode de je ne sais plus quelle série, ils arrivent à arrêter un robot en le débranchant, hasarde Dorian. Mais j'imagine que ça ne fonctionnerait pas ici, je ne vois pas de prise de courant

— De courant? répète ma mère. Je sais! On pourrait peut-être provoquer une surcharge du...

— Disjoncteur! terminent en chœur nos parents.

Mais il y a plein de câbles différents sur ce tableau électrique... Et les voilà qui commencent tous à débattre duquel il faudrait couper en premier quand Maxwell décide d'employer la manière forte, et envoie valdinguer un tabouret sur la console de commandes... Vlam!

L'usine se trouve aussitôt plongée dans le noir. Le moteur de la dernière machine continue de vrombir un moment avant de crachoter, de toussoter et de s'arrêter brusquement. On a réussi !

— Je crois que plus jamais je ne ferai de remarque à Dorian sur ses séries, je souffle alors que tout le monde le félicite pour son idée de génie.

Quelques minutes après, la police installe un cordon de sécurité tout autour du bâtiment. Cette fois, nous en sommes certains, la neige artificielle restera dans les tonneaux.

— Enfin on va pouvoir respirer ! je m'exclame.

— Et moi, je vais pouvoir rentrer à la maison ! s'impatiente Dorian.

J'esquisse un sourire. Maxwell nous l'a confirmé il y a deux minutes :

— L'enquête n'est pas terminée mais, avec ces nouvelles preuves, on devrait pouvoir remonter jusqu'au maire ! Hé hé ! Je crois que le bonhomme a du souci à se faire !

— Waouh ! Ils ont carrément appelé la police scientifique ! nous montre Dorian en tendant le doigt vers deux personnes en combinaison stérile qui prélèvent des empreintes ou je ne sais quoi. Vous croyez qu'on peut aller leur parler ?

— T'es infatigable, toi ! je raille.

— Ben quoi ?!

Le téléphone de Dimitri vibre, ce qui me rappelle illico Lilou ! Avec tout ça, on avait totalement oublié son appel apeuré ! Mais cette fois, c'est un message que Dimitri nous montre.

Rendez-vous demain 16 h
bureaux du parc central
Venez seuls, tous les trois, et si vous informez qui
que ce soit :
vous pourrez dire au revoir à Lilou

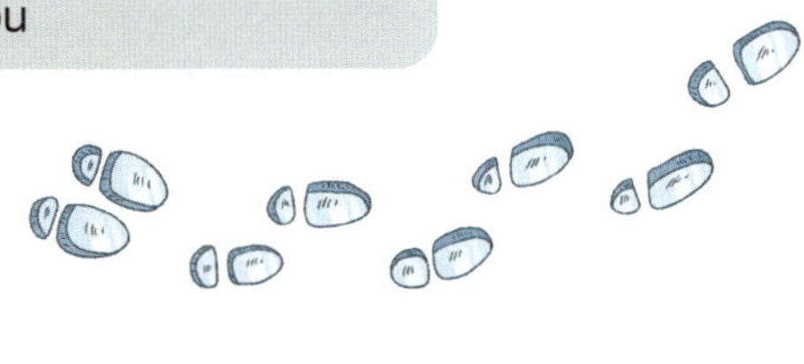

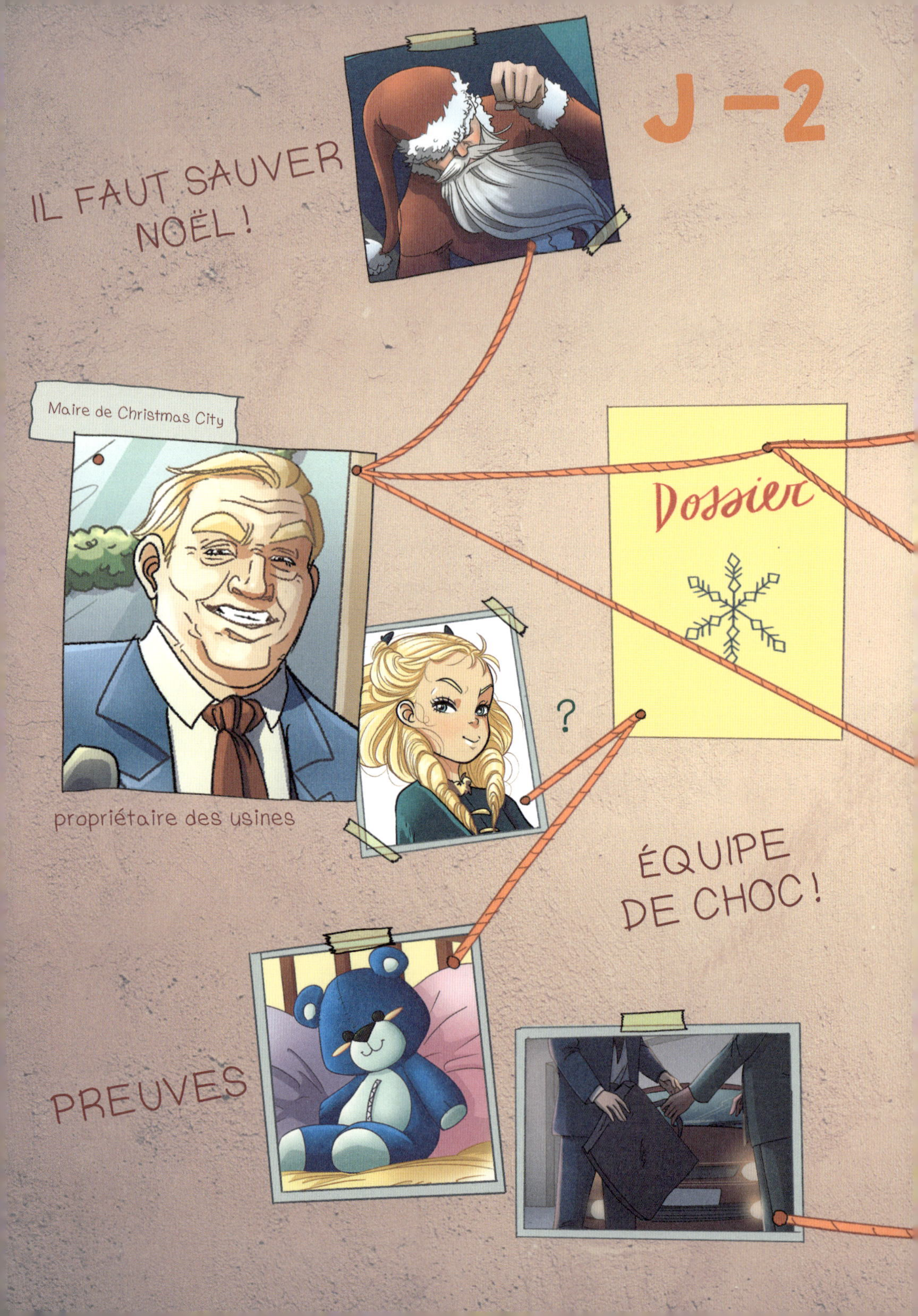
J -2
IL FAUT SAUVER NOËL !
Maire de Christmas City
propriétaire des usines
Dossier
?
ÉQUIPE DE CHOC !
PREUVES

Maxwell
Edmond
CHRISTMAS CITY
Christmas City : piste à suivre
23 décembre
Vase retourné : code
Disque dur volé
DISPARUS

J -1
IL FAUT SAUVER NOËL !
Maire de Christmas City
propriétaire des usines
Dossier
?
LA MENACE PERDURE !
ATTENTION NOËL EXPLOSIF !

Mais Maxwell est rapide comme la foudre. Il saute sur le canon à neige et fait pivoter l'embout dans la direction du maire… Un canon qui, comme tous ceux qui étaient dans la seconde usine, a été neutralisé par nos parents. Surprise ! Il ne projette plus rien ! Au contraire, il aspire ! C'est donc un vrai aspirateur géant qui vient de se mettre en route. Il engloutit dans un slurp ! les cheveux du maire, qui se met à hurler :

— Ma perruque ! Rendez-moi mes cheveux !

Malgré la gravité du moment, Lilou éclate de rire devant son oncle devenu chauve comme un œuf et on ne peut pas s'empêcher de l'imiter. Le chef Edmond s'approche du maire pour le menotter.

— Trop tard ! hurle le maire comme un dément alors que les menottes se referment autour de ses poignets. Vous ne pourrez jamais empêcher la distribution des cadeaux de Christmas City ! Vous l'aurez bien cherché ! Je vous réserve un Noël… explosif !

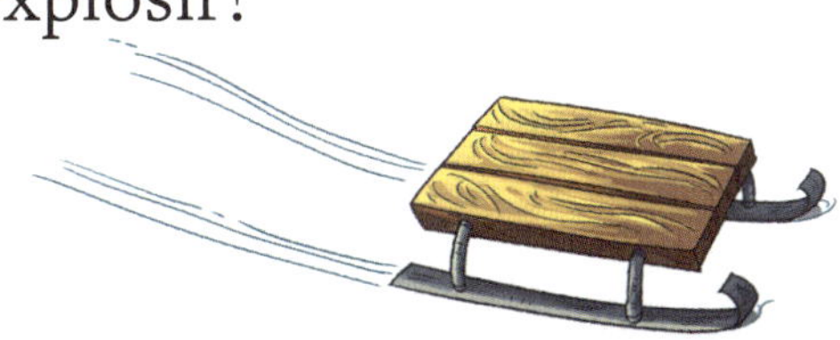

Dimitri

— Je continue de penser que ce n'est pas notre problème, dit Daya.

— Ben un peu quand même, je réponds, elle était d'accord pour nous aider...

— Avant de nous trahir ! me rétorque-t-elle. On avait déjà fait les trois quarts du boulot pour retrouver ce fichu dossier Flocon, et elle, qu'est-ce qu'elle a fait ? Elle nous l'a piqué ! et je SAIS qu'elle l'a donné à son oncle.

— Daya n'a pas tout à fait tort, ajoute Dorian.

— Mais pas tout à fait raison non plus, j'objecte. Moi, j'y vais !

— Pfff! souffle Daya, tu sais qu'il y a une chance sur un million pour que ce ne soit pas un piège?

— On verra bien, mais personne ne ratera Noël... Pas même Lilou, d'accord?

Le temps qu'on prépare notre plan, on est déjà en milieu d'après-midi. Je frissonne en sortant. J'ai l'impression qu'il fait chaque jour un peu plus froid. Avec ce verglas, on doit marcher lentement pour éviter de glisser.

— Sérieux! C'est pas Christmas City, mais plutôt Glagla City!

On rigole. Le clocher de la ville entonne les musiques de Noël installées par le maire. C'est sinistre, maintenant qu'on sait quel était son plan. Il est déjà seize heures.

Le parc central est désert. Normal, des barrières municipales en interdisent l'accès : « aménagement en cours — défense d'entrer ». Les canons à neige qui avaient été installés partout sont à présent abandonnés.

Nous voilà en territoire ennemi. On reste silencieux et surtout attentifs. Je montre le lieu de rendez-vous d'un signe de tête... Des bâtiments flambant neufs, dont les finitions ne sont pas terminées. On entre.

L'endroit a dû coûter une fortune. Tout ici est fait en l'honneur de Noël. Il y a des décors partout à l'image de Santa Claus. J'aperçois même un faux igloo phosphorescent avec des statues de rennes en carton-pâte.

— Eh ben, il avait vu les choses en grand pour son nouveau quartier général ! lâche Daya.

— C'est vrai que ça claque ! je dis en regardant une fontaine à eau avec des lutins à paillettes dont les yeux clignotent.

— C'est plutôt super kitch, grommelle Dorian.

Soudain, un cri résonne :

— T'es devenu complètement fou ! Libère-moi tout de suite !

On reconnaît tous la voix de Lilou. Vite !

On franchit une grande bâche en plastique qui donne sur une nouvelle pièce. Une future salle de conférence, semble-t-il, vu sa taille. À peine a-t-on posé le pied sur le sol en fausse neige des gradins qu'une voix grésille :

— Bienvenue à vous, jeunes gens !

C'est le maire. Il est de l'autre côté des gradins. Et en contrebas, sur une scène en construction, se trouve Lilou !

La pauvre est attachée, et un canon à neige est braqué sur elle !

Des tonneaux bleus sont également renversés à ses pieds. Évidemment, on les reconnaît aussitôt : ils sont estampillés F.L.O.C.O.N.

— Qu'est-ce que vous voulez à la fin ?! je crie.

Nous nous précipitons vers la scène, mais pas trop, de peur de provoquer le déclenchement du canon à neige.

— Du calme, du calme, jeune homme, reprend la voix du maire. Après tout, nous sommes entre gens de bonne compagnie.

À ce moment-là, un autre projecteur s'allume. On lève tous les trois les yeux au plafond : voilà le maire qui descend sur une nacelle de chantier ! Il se prend pour un méchant de film ou quoi ? Quelques secondes après, il atterrit sur la scène en applaudissant : Clap ! Clap ! Clap !

— Vous pourrez vous vanter de m'avoir donné du fil à retordre, nous déclare-t-il. Heureusement, mes avocats vont me sortir de cette mélasse d'ici demain... Jamais je n'abandonnerai le projet Christmas City !

Le maire sort alors une télécommande : je parie qu'elle est reliée au canon à neige. Notre ennemi reprend :

— Je vais vous faire passer l'envie d'enquêter sur les affaires des autres !

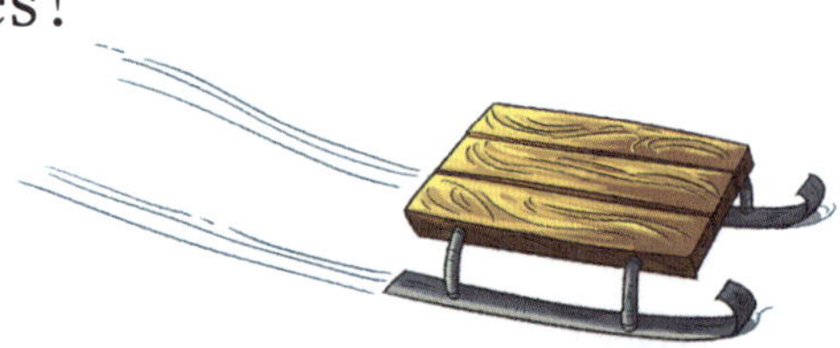

— Tu parles d'un oncle, lâche Lilou, l'argent t'a rendu complètement zinzin, ma parole !

— SILENCE ! ordonne le maire.

Lilou déglutit. Malgré le ton badin qu'elle vient d'employer avec son oncle, elle nous lance un regard paniqué. Le maire se retourne vers le canon à neige et ajoute :

— Il n'a pas été évident d'apporter cet engin jusqu'ici, mais mes hommes me devaient un dernier coup de main. Ces pères Noël bas de gamme n'ont pas tardé à filer... Ce que Klaus n'aurait jamais fait, lui au moins était loyal ! Il partageait ma vision des choses ! (Il soupire.) Bon, revenons-en à notre préoccupation du jour.

Il nous montre une pile de documents :

— Bien, vous allez commencer par me signer ces contrats de confidentialité ! Cela vous concerne vous ainsi que vos parents. Ensuite, toute votre petite bande déménagera loin de cette ville, c'est compris ?!

J'ai compris. Le maire veut obtenir notre silence… Mais il a oublié un léger détail, nous… on n'a jamais été seuls !

Comme pour appuyer ma pensée, les projecteurs changent brusquement de direction. Leurs lumières se braquent sur le maire et l'éblouissent.

— Qu'est-ce que c'est ?! s'écrie-t-il. Qui est là ?

— Ça, c'est ce qu'on appelle la cavalerie ! crie Dorian.

Maxwell et le chef Edmond entrent en scène, encerclant le maire.

— N'approchez pas, gronde ce dernier, vous n'avez aucune preuve !

— Je ne ferais pas ça si j'étais vous.

Trop tard ! Le maire appuie sur le bouton et le moteur du canon à neige commence à vrombir.

— Vous allez regretter de vous en être pris au maire de Christmas City ! jure-t-il.

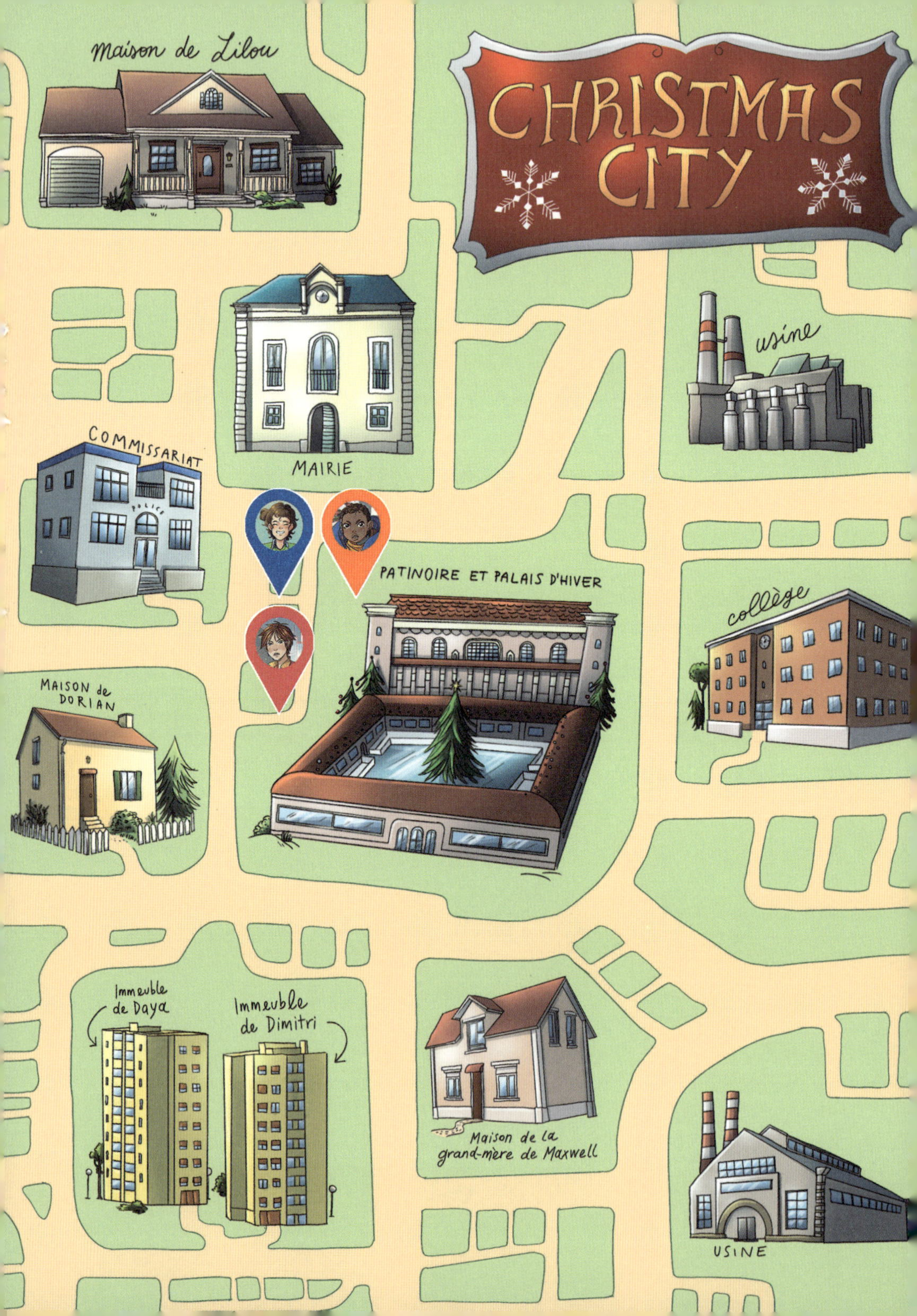

CHRISTMAS CITY
Maison de Lilou
MAIRIE
usine
COMMISSARIAT
POLICE
PATINOIRE ET PALAIS D'HIVER
collège
MAISON de DORIAN
Immeuble de Daya
Immeuble de Dimitri
Maison de la grand-mère de Maxwell
USINE

Maxwell
Edmond
CHRISTMAS CITY
Christmas City : piste à suivre
22 décembre
Vase retourné : code
Disque dur volé
DISPARUS

CHRISTMAS CITY
Maison de Lilou
MAIRIE
usine
COMMISSARIAT
POLICE
PATINOIRE ET PALAIS D'HIVER
collège
MAISON de DORIAN
Immeuble de Daya
Immeuble de Dimitri
Maison de la grand-mère de Maxwell
USINE

Lilou

Je sais, je n'ai pas besoin de m'excuser auprès d'une bande de pouilleux à qui je ne dois rien, même s'ils m'ont sauvée des griffes de mon oncle.

Mais je tiens quand même à m'expliquer...

Nous sommes encore au commissariat : nous avons dormi ici, pendant que les policiers interrogeaient tonton sur ses agissements.

Pour l'instant, personne dans la ville n'est au courant de ce qu'il s'est passé, on attend de savoir si on a bien déjoué tous ses plans.

Je baisse les yeux. Je ne sais pas trop comment commencer.

— Je voulais m'excuser, j'essaye, j'ignorais que mon oncle était aussi…

— Tordu ? me coupe Daya.

— Ouais, c'est ça ! je dis. Mais je voulais surtout protéger ma famille, j'ajoute.

— Ça se comprend, dit Dimitri.

— Bon, c'est vrai, je termine, j'ai voulu aussi en profiter au passage. Mon oncle avait plein d'argent et je me suis dit aussi que…

Je m'interromps. J'ai eu la frousse de ma vie quand les faux pères Noël m'ont emmenée. Je crois que si ces trois-là n'avaient pas été là, mon oncle n'aurait pas hésité à…

— Je voulais aussi vous dire un truc, je reprends.

— Quoi encore ? me défie Daya, toujours sur ses gardes.

— Quand ils m'ont emmenée, j'ai entendu les pères Noël parler du centre commercial…

— Ah oui ?

— Et ? insiste Dorian. Qu'est-ce qu'ils ont dit d'autre ?

— Pas grand-chose, mais ça avait l'air important, je réponds. Ils ont dit que le stock de cadeaux allait tout péter, et...

Cette fois, c'est Dimitri qui me coupe dans mon élan en s'écriant :

— Le « Noël explosif » ! Purée, faut qu'on aille là-bas tout de suite !

Dorian

On fonce tous les quatre comme des dératés à travers la ville.

Les portes du centre commercial sont grandes ouvertes et l'endroit est noir de monde. Autant dire que notre nouvelle mission s'annonce aussi compliquée que de trouver une aiguille dans une botte de foin…

Il faut espérer que non !

— Dans les séries, les pièges sont toujours sous les yeux de tout le monde, mais sans que personne y pense. Dans l'endroit le moins discret…

— C'est quoi l'endroit évident ici? se demande Dimitri.

— Bah, la statue de Noël faite par mon oncle, dit Lilou comme si ça coulait de source.

On se tourne tous vers la pièce centrale de la décoration, au milieu du hall.

Trois sucres d'orge géants trônent entre les escalators. Ils sont énormes, assez grands pour que quelqu'un puisse rentrer dedans.

— Ce serait quand même pas ça?! je lâche.

On se précipite sur la statue.

— En tout cas, c'est estampillé Christmas City, montre Dimitri, le doigt sur une plaque en métal.

— Regardez, à la base, il y a une trappe! je m'excite.

Je tente de l'ouvrir, sans succès. Je tape la cloison du poing : Bim! Bim!

— Ça sonne creux! j'annonce.

Daya vient m'aider à essayer de forcer la trappe.

Notre petit manège ne passe pas inaperçu très longtemps. Nous sommes bientôt interpellés par des agents de sécurité :

— Hé! Mais qu'est-ce que vous fabriquez? gronde un homme au crâne dégarni. Arrêtez tout de suite ou j'appelle la police!

Clang !

À force de s'acharner, Daya a réussi à déverrouiller la trappe, qui s'ouvre alors en libérant une partie des goodies Christmas City.

— Oui, confirme Dimitri aux agents, vous feriez bien d'appeler tout de suite la police !

— Et leur dire que c'est grâce à mon éclair de génie ! conclut Lilou.

En quelques heures, le dernier piège imaginé par le maire est désamorcé.

Les sucres d'orge étaient programmés pour déverser les marchandises trafiquées le jour de Noël.

Le chef Edmond et Maxwell ont fait fermer le centre commercial le temps de tout sécuriser.

— Vous feriez mieux d'aller faire un tour, nous glisse ce dernier avec un clin d'œil, vous savez comme moi que le chef pourrait devenir ronchon s'il vous voit encore là...

On ne se fait pas prier.

— Allez les nases, le centre est fermé au public, mais les boutiques sont encore ouvertes, profitons-en pour faire quelques cadeaux de Noël, balance Lilou.

Elle est moins pire que je l'imaginais... Elle nous a fait un sale coup, mais a aussi recueilli mes amis quand ils ne savaient pas où dormir.

Et là, elle insiste même pour nous offrir quelques friandises !

Plus incroyable encore, au moment de se séparer, elle nous attrape pour nous faire un *hug*.

J'en suis le premier surpris.

— Heu... mollo sur les câlins, je bafouille, gêné.

Quand je pense qu'on a failli ne pas avoir de Noël… Et pourtant, c'est demain !

J'entends alors Dimitri chuchoter à Daya :

— Au fait, j'ai un truc à te dire…

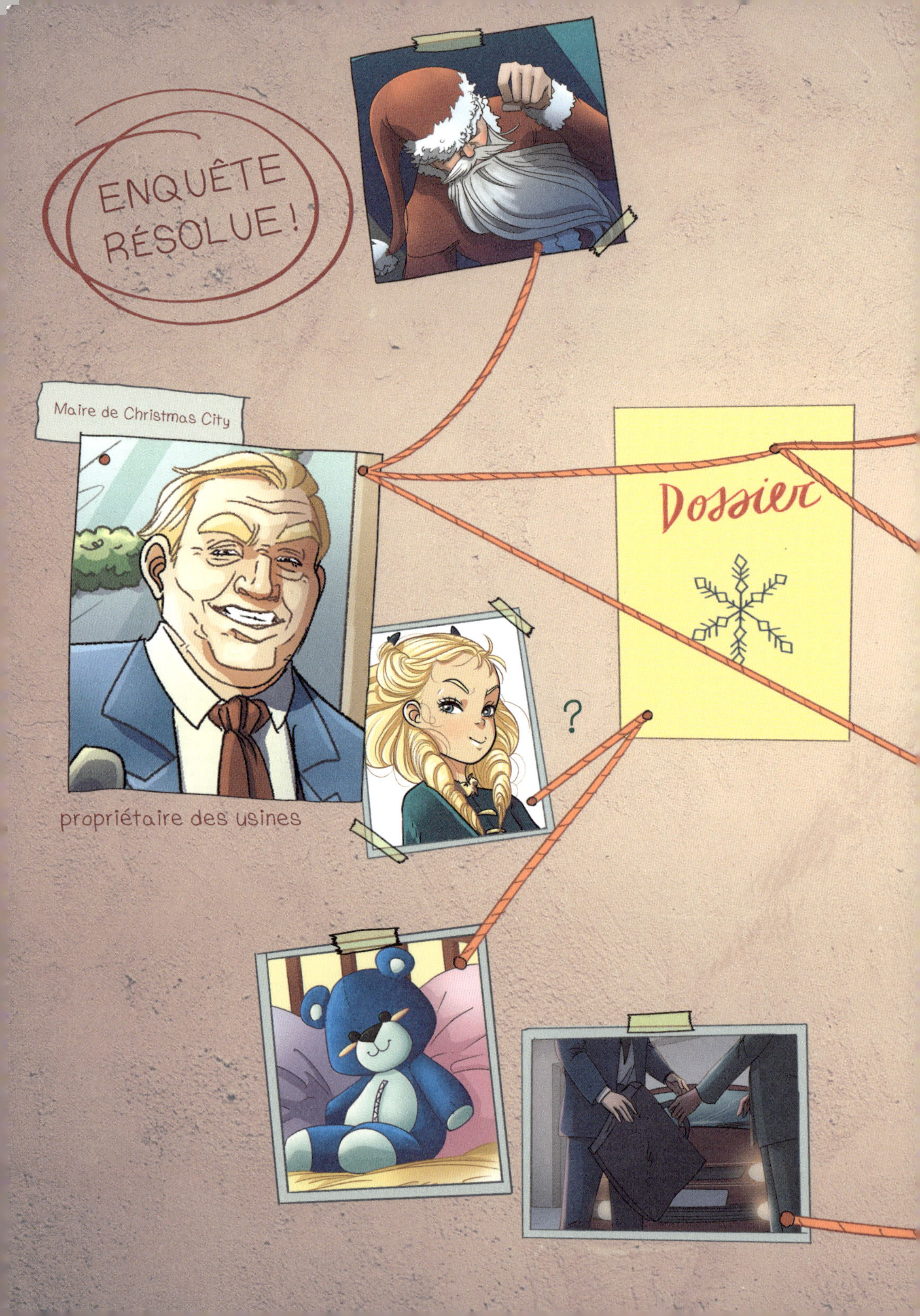
ENQUÊTE RÉSOLUE !
Maire de Christmas City
propriétaire des usines
Dossier
?

Maxwell
Edmond
CHRISTMAS CITY
Christmas City : piste à suivre
24
décembre
Vase retourné : code
Disque dur volé
DISPARUS

CHRISTMAS CITY
Maison de Lilou
usine
MAIRIE
COMMISSARIAT
POLICE
PATINOIRE ET PALAIS D'HIVER
collège
MAISON de DORIAN
Immeuble de Daya
Immeuble de Dimitri
Maison de la grand-mère de Maxwell
USINE

Daya

Le maire est sous les verrous. Les habitants n'en reviennent pas et découvrent avec stupéfaction les dessous du projet Christmas City. Nos parents et nous, avec l'aide de Maxwell et du chef Edmond, avons réussi à sauver Noël, et notre ville !

— Le maire agissait dans l'ombre dans le but d'étendre sa fortune personnelle, déclare une journaliste à la télévision.

— En effet, il était propriétaire des usines de neige artificielle dont nous avons fait cesser l'activité, révèle le chef Edmond dans une interview.

— Le projet « Pistes de ski pour Noël » allait lui promettre des contrats juteux, et pas seulement pour notre ville, ajoute Maxwell qu'on questionne à son tour, alors il se fichait bien de savoir si la neige fabriquée dans ses entrepôts était nuisible à l'environnement...

J'écoute encore quelques minutes. On ne parle pas des kidnappings ni des puces dans les goodies. C'est mieux comme ça : pas la peine d'inquiéter encore plus les gens ! Et nous, ce qu'on veut, c'est passer Noël tous ensemble.

Je me demande encore comment on a fait pour s'en sortir. Sans doute parce qu'on a su mettre de côté nos rancœurs quand il le fallait... et d'ailleurs.... J'ai rendez-vous avec Dimitri.

Il m'attend, assis sur un banc du square près de chez moi. Des volutes de buée s'échappent de ses lèvres. Plus je m'approche, plus j'ai l'impression de grimper l'Everest. Qu'est-ce qu'il me veut ? Il avait l'air de dire que c'était important...

Je reste tête baissée, menton caché par le col de mon blouson.

— La vache, il gèle ! je lance.

On a fait mieux comme introduction.

— Le thermomètre est passé sous zéro, il me répond, mes parents disent que ce n'est pas un temps à mettre un père Noël dehors…

Je ricane et je m'assois maladroitement à côté de lui.

Dimitri reste cramponné au banc.

— Alors, pourquoi tu voulais me voir ? je demande. Surtout qu'on passe Noël ensemble ce soir…

— Ben en fait… après Lilou, je voulais… je voulais m'excuser ! marmonne Dimitri du bout des lèvres.

Pendant quelques secondes, j'avoue que je me demande de quoi il parle. Mais les mauvais souvenirs sont tenaces et remontent rapidement.

— Bah dis donc! je fais remarquer. Il t'en aura fallu du temps, monsieur « mais c'était juste une blague! ».

— Ouais, bon, j'avoue que c'était nul de se disputer pour une raison aussi débile, il y a un an...

— Je crois qu'on était tous les deux trop têtus pour faire marche arrière, j'aquiesce, mais maintenant...

— Ouais, après tout ce qui s'est passé... c'est peut-être le moment d'en profiter pour repartir de zéro?

— De zéro? Carrément!

— Enfin, tu m'as compris quoi...

Je souris sans le lui montrer, planquée par mon cache-nez. Dimitri est attentif à la moindre de mes réactions. Et tout à coup, je lui déclare :

— T'auras mis le temps, quand même!

— Ouais, bon..., il bafouille. Alors, on fait la paix?

— On verra ce soir, je continue de plaisanter, tout dépend de ce que tu comptes m'offrir...

— Heu... mon amitié ? il tente.

— C'est un bon début, je réponds avant de lui adresser un signe de tête pour lui dire de me suivre, mais je suis sûre que tu peux faire mieux !

Dimitri

On sonne à la porte. C'est le signal. Ce soir, on y est. C'est Noël !

Daya et ses parents sont les premiers arrivés, suivis par Dorian et sa famille.

— La vache, qu'est-ce qu'elle a grandi ta petite sœur ! lâche Daya.

Pendant que les adultes se font des mondanités, on se charge d'ouvrir la porte aux suivants.

— Bonsoir, mes chers petits, nous salue la grand-mère de Maxwell, visiblement ravie d'avoir été invitée.

— Salut, les jeunes... ça gaze ? nous lance notre champion de kung-fu.

Il essaie d'avoir l'air jeune, mais c'est raté, sa grand-mère le reprend aussitôt :

— Maxou, ton nœud papillon est de travers...

— Arrête, mamie, je ne suis plus un bébé !

On pouffe malgré nous.

— Entrez ! je dis.

— Donnez-moi vos manteaux, propose Daya.

— Pardonnez-moi ? intervient alors la voix d'un nouveau venu.

Maxwell sursaute :

— Chef ? Vous aussi, vous êtes invité ? s'étonne-t-il.

— Oui, c'est mon cavalier pour ce soir, sourit sa grand-mère.

Galant, le chef Edmond lui offre son bras.

Cette fois, on ne se retient pas de rire en voyant la tête de Maxwell. Tous nos invités sont là. Je crois que Lilou n'a pas osé nous rejoindre. Elle a dit à Daya que ses parents voulaient passer le réveillon entre eux... J'imagine que sa famille est tombée des nues en apprenant tout ce qui s'est passé.

— Je vous préviens, annonce ma mère tout à coup, on a fait le minimum pour la déco, cette année !

— On a gardé le sapin, mais on a évité les pères Noël ! précise mon père.

— Tu m'étonnes ! me chuchote Dorian, complice.

Soudain, Maxwell pointe le doigt vers la plus grande fenêtre de notre salon.

— Regardez ! Il neige ! Et c'est de la vraie neige !

En effet, la neige commence à tomber à gros flocons.

— Venez ! s'enthousiasme Dorian.

On se jette sur nos manteaux et on se rue dehors pour voir et toucher la VRAIE neige. C'est comme si c'était la première fois qu'on en voyait. Je regarde Dorian et Daya, un grand sourire aux lèvres.

— Pas mal, non ? me disent mes parents en me prenant dans leurs bras.

— Oui, je réponds en tirant la langue pour gober un flocon au vol, comme quand j'avais quatre ans.

Demain, la ville en sera sans doute recouverte. De la vraie neige qui fera le bonheur de centaines d'enfants. Pas besoin de l'appeler Christmas City ! Chacun fêtera Noël comme il l'entend. Mais en regardant les flocons tomber sur mes amis, je me dis que la nature fait bien les choses.

— Hep ! Bataille de boules de neige ?

Joyeux Noël !

JOYEUX
NOËL
À TOUS !

Noël a cette fâcheuse tendance à revenir chaque année ! (Un peu comme moi après *Le mystère de Lord Noël*...)

J'espère que cette histoire vous embarquera autant que la précédente, bien que dans un genre différent. J'en profite pour remercier mes éditrices pour leur soutien (et il en a fallu !) mais aussi pour vous remercier vous : lectrices et lecteurs ! (Un coucou particulier à Abigaëlle, jeune lectrice, qui a su effacer mes moments de doute par ses encouragements...)

Bon vent à Daya, Dorian et Dimitri et joyeux Noël à toutes et tous !

Pascal Brissy

Pour ma famille qui, à chaque moment, m'accompagne et m'aide à réaliser mes rêves.

Valeria Orlando

Merci à toute l'équipe Auzou de m'avoir donné l'occasion de participer à ce projet, et à Valeria avec qui j'adore travailler. J'espère que vous aimerez autant cette histoire que j'ai aimé la mettre en couleurs.

Francesco Antonelli

D'autres aventures pour attendre Noël…

© 2023, Éditions Auzou
24-32, rue des Amandiers, 75020 Paris – France

Mise en pages : Nord compo
Correction : Caroline Vanhoove, Claire Gaillard

Tous droits réservés pour tous pays.
Loi n° 49-956 du 16 juillet 1949 sur les publications destinées à la jeunesse, modifiée par la loi n° 2011-525 du 17 mai 2011.

Dépôt légal : septembre 2023

Imprimé en Serbie. Printed in Serbia.

FSC www.fsc.org
MIXTE
Papier issu de sources responsables
FSC® C117682